Glossen bis 1936

Karl Kraus

Impressum

Autor: Karl Kraus
Umschlagkonzept: toepferschumann, Berlin

Verlag: tradition GmbH, Hamburg
ISBN: 978-3-8424-9142-7
Printed in Germany

Tucholsky Wagner Zola Scott Sydow Freud Schlegel
Turgenev Wallace Fonatne

Twain Walther von der Vogelweide Fouqué Friedrich II. von Preußen
Weber Freiligrath Frey

Fechner Fichte Weiße Rose von Fallersleben Kant Ernst Frommel
Richthofen

Hölderlin

Fehrs Engels Fielding Eichendorff Tacitus Dumas
Faber Flaubert

Feuerbach Maximilian I. von Habsburg Fock Eliasberg Zweig Ebner Eschenbach
Ewald Eliot Vergil

Goethe Elisabeth von Österreich London

Mendelssohn Balzac Shakespeare Dostojewski Ganghofer
Trackl Lichtenberg Rathenau Doyle Gjellerup
Stevenson Hambruch
Mommsen Tolstoi Lenz Hanrieder Droste-Hülshoff
Thoma von Arnim

Dach Verne Hägele Hauff Humboldt
Reuter Rousseau Hagen
Karrillon Garschin Hauptmann Gautier
Damaschke Defoe Hebbel Baudelaire
Descartes

Hegel Kussmaul Herder
Wolfram von Eschenbach Dickens Schopenhauer
Darwin Rilke George
Bronner Melville Grimm Jerome
Campe Horváth Aristoteles Bebel Proust

Bismarck Vigny Barlach Voltaire Federer Herodot
Gengenbach Heine

Storm Casanova Tersteegen Gilm Grillparzer Georgy
Chamberlain Lessing Langbein Gryphius
Brentano
Strachwitz Claudius Schiller Lafontaine
Katharina II. von Rußland Bellamy Schilling Kralik Iffland Sokrates
Gerstäcker Raabe Gibbon Tschechow

Löns Hesse Hoffmann Gogol Wilde Gleim Vulpius
Luther Heym Hofmannsthal Klee Hölty Morgenstern
Roth Goedicke
Luxemburg Heyse Klopstock Kleist
Puschkin Homer Mörike
Machiavelli La Roche Horaz Musil
Navarra Aurel Musset Kierkegaard Kraft Kraus
Nestroy Marie de France Lamprecht Kind Kirchhoff Hugo Moltke

Laotse Ipsen Liebknecht
Nietzsche Nansen
Marx Lassalle Gorki Ringelnatz
von Ossietzky Klett Leibniz
May vom Stein Lawrence Irving
Petalozzi
Platon Knigge
Sachs Pückler Michelangelo Kock Kafka
Poe Liebermann
de Sade Praetorius Mistral Zetkin Korolenko

Der Verlag tredition aus Hamburg veröffentlicht in der Reihe **TREDITION CLASSICS** Werke aus mehr als zwei Jahrtausenden. Diese waren zu einem Großteil vergriffen oder nur noch antiquarisch erhältlich.

Symbolfigur für **TREDITION CLASSICS** ist Johannes Gutenberg (1400 — 1468), der Erfinder des Buchdrucks mit Metalllettern und der Druckerpresse.

Mit der Buchreihe **TREDITION CLASSICS** verfolgt tredition das Ziel, tausende Klassiker der Weltliteratur verschiedener Sprachen wieder als gedruckte Bücher aufzulegen – und das weltweit!

Die Buchreihe dient zur Bewahrung der Literatur und Förderung der Kultur. Sie trägt so dazu bei, dass viele tausend Werke nicht in Vergessenheit geraten.

Reiflich Erwogenes

Das Neue Wiener Journal berichtet »aus aller Welt«, die es immer
für die beste hält:

> In der englischen Stadt Salisbury werden zurzeit umfangrei-
> che Experimente mit einem Giftgas vorgenommen, über des-
> sen Zusammensetzung zwar strengstes Stillschweigen beo-
> bachtet wird, von dessen vernichtender Wirkung die Techni-
> ker aber Schreckliches zu berichten wissen. Die Versuche
> werden in großem Maßstab ausgeführt, *an Kosten* wird nicht
> gespart. *Man leistet es sich sogar,* um die Wirkung des giftigen
> Gases zu erproben, *Menschen zu engagieren,* die, mit Gasmas-
> ken ausgerüstet, in einer aus Glas hergestellten Zelle, in die
> die Giftgase geleitet werden, Platz nehmen müssen. *Draußen
> stehen die Chemiker und Offiziere, um durch das Glas die Wir-
> kung, die das Gas auf die eingeschlossenen Leute ausübt, zu be-
> obachten.* Nach der Prozedur müssen diese menschlichen
> Versuchstiere sofort nach dem Krankenhaus überführt wer-
> den, wo sie einige Zeit verbleiben, um *halbwegs wieder herge-
> stellt* zu werden, zum Vorteil der Ärzte, die hier ihre Studien
> am lebenden Objekt machen können. Bisher hat es an armen
> Teufeln nicht gefehlt, die sich, um das angesetzte Honorar zu
> verdienen, bereit fanden, sich dem gefährlichen Experiment
> in dem Glaskasten auszusetzen.

Kein Tag ohne Fortschritt; diese Menschheit übertrifft sich selbst.
Das herzerquickende Bild der vor der Hundsgrotte angestellten
Arbeitslosen, die hineingelassen werden, um den Chemikern und
Offizieren, welche die Wirkung beobachten wollen, Platz zu ma-
chen, wird von der folgenden Möglichkeit dieses sympathischen
Planeten abgelöst, bei der die Merkantilisierung des leiblichen Op-
fers wenigstens nicht der Lebensvernichtung, sondern der Lebens-
rettung dient:

> *Junger Mann*
> sucht Verwendung bei Bluttransfusion
> an *Zahlungskr.*
> W. Klos, XIII. Hollergasse 45.

Mag diese dem 'Tag' entnommene Annonce einem Prälaten die Genugtuung bieten, daß die Sanierten noch so viel Blut haben, um es an Zahlungskräftige abzugeben, so sind wieder die Ernährungsverhältnisse bei den Bundesgenossen, wie das Wolffbüro schon im Krieg festzustellen wußte, »nicht ungünstig«:

> Fette, schlachtreife
> *Hunde*
> kauft. Ang. unt. K. B. 710.

Ja, Not macht unromantisch und läßt die Wirklichkeit erkennen. Für schlachtreif hatte die Bestialität ihre unschuldigsten Opfer schon im Jahre 1914 erklärt. Und doch ist es der scheußlichste Verrat an den Geschöpfen, welche bis zum letzten Hauch von Mann und Hund die wahre Verkörperung der Nibelungentreue bedeuten! Aber weil man jetzt so viel von dem Salonwagen liest, der dem Herrn Castiglioni in der Republik erbaut ward und aus dem, als man ihn (den Salonwagen) laufen ließ, kleine Diebe ihm (dem Castiglioni) etwas gestohlen haben, so sei noch dargetan, was es da gleichzeitig für Obdächer gegeben hat und wie das Nachtlager beschaffen war und wie das Erwachen:

> Donnerstag nachmittag hat der 26jährige Kriegsinvalide Gottfried Schönegger, der keinen Unterstand hat, beim Stadlauer Friedhof auf einer Wiese geschlafen. Als er erwachte, bemerkte er zu seinem Entsetzen, daß er die Augen nicht mehr öffnen könne. Er war erblindet. Vorbeigehende führten den Unglücklichen zur Polizei. Von hier wurde er in das Spital der Barmherzigen Brüder gebracht.

Sapienti sat

> Allgemein gesprochen, ist es um einen Besuch, einen Aufenthalt in *Wien* ja *ein eigentümlich köstliches Ding*, besonders gerade, wenn man von München kommt, einer *in ihrer Art herrlichen* Stadt, *wie ich sofort hinzufüge*, ausgestattet mit tausend natürlichen Verdiensten, bäuerlich-volkstümlichen Gepräges, *höchst liebenswert.* Wien wirkt gegen das bäuerlich-großdörfliche Stadtwesen *außerordentlich mondain;* man bewegt sich unter Menschen von *amüsanterer Rassenmischung,* man

wird interviewt, von der Concordia gefeiert, im Pen-Klub fetiert, kann »einem repräsentativen Mann des literarischen Österreich«, nämlich Herrn Auernheimer, antworten und hat die besondere Liebenswürdigkeit, uns die Antwort zur Verfügung zu stellen. Kurz, es ist eine Lust zu leben, München hat seine Vorzüge, Wien hat seine Vorzüge, man möchte sich am liebsten zerreißen, aber da man gerade in Wien ist, muß man doch zugeben:

eine charakteristisch prickelnde Sphäre, teils westeuropäischer als die des Reiches, teils auch schon *ein wenig orientalisch beeinflußt*

(Leises Murren der Concordia)

umgibt und entzückt uns.

(Zustimmung)

Hier vereinigt sich Deutsches mit Südlichem, Europäisches mit einem *leisen, pikanten, exotischen Einschlag,* und solche Mischung *ergibt Facettierungen und Brechungen, Komplizierungen im Seelischen, die zum Künstlerischen disponieren* und machen, daß dem Künstler hier wohl ist.

(Zwischenrufe: Wem sagen Sie das!) Redner bekannte hierauf, er selbst sei eine Rassenmischung, also in dem Punkt kompetent. Denn es war Herr Thomas Mann. Er hatte einen so schweren Stand wie die Chansonettensängerin bei der Versicherung: »Ja mein Herz gehört nur Wien, doch sehr schön ist auch Berlin!«

Ich möchte versuchen, Tieferes auszudrücken, obgleich eine Tischrede nicht die rechte Gelegenheit für solchen Versuch sein mag. *Ganz leise* Andeutungen müssen genügen. *Sapienti sat;* es handelt sich um das Verhältnis zum Leben und zum Tode.

Um nichts geringeres. Nämlich was den Unterschied zwischen München und Wien anbelangt, so ist München kerngesund, während Wien – »Oh, Wien ist eine lebensfreundliche Stadt«, aber es »weiß vom Tode«.

Ich will nicht geistreich sein, sondern Wirkliches auszudrücken versuchen. Es ist nichts Geringeres als das Problem der Form, das hier berührt wird.

Und das hängt irgendwie mit dem Tod zusammen.

Das ist ein Geheimnis, aber es ist so.

Sapienti sat. Darum, und weil sich in der Seele Wiens östliche Elemente und habsburgisch-spanische zu der Form verbinden, die vom Tode weiß, und der Pen-Klub eine internationale Vereinigung von Männern und Frauen ist, »die nicht wollen, daß Europa verderbe«, darum:

Klopfen Sie mit mir ans Glas, meine Damen und Herren, und leeren Sie ein Glas mit mir

(offenbar das nämliche)

auf das Leben, Blühen und Gedeihen des Pen-Klubs!

In dessen Wiener Sektion ich aufgenommen werden sollte und dessen Prager Sektion mich begrüßen wollte. Warum ich solchen Gelegenheiten ausweiche? Weil ich, bekanntlich, nicht frei sprechen kann und weil ich mich darin von einem Mann wie Thomas Mann unterscheide, daß, wenn er nicht geistreich sein will, es Ihm auch gelingt.

Derselbe

»Und weil wir gerade bei der '*Stunde*' sind«, sagt der Dichter, »man spricht, glauben Sie mir, auch in Berlin viel von ihr und auf meinen Reisen habe ich sie überall gefunden.« – –

»Und vergessen Sie ja nicht, mir Ihre '*Bühne*' nachzuschicken«, *schüttelt mir* zum Abschied dieser fünfzigjährige Vierzigjährige die Hand.

Hab' ich doch meine Freude dran

Gewiß, ich hab's ja in der Welt nicht weit gebracht, allein wenn ich darüber nachdenke, auf welche Leistung ich doch einigermaßen stolz sein kann, so finde ich die, daß ich »Sechs Personen suchen einen Autor« von Pirandello nicht geschrieben habe. Aber eigentlich noch mehr festigt mich das Bewußtsein, daß ich nicht ein so ernstzunehmender Satiriker bin wie Bernard Shaw, was der 'Abend' sogleich, nachdem ich mich für Komplimente undankbar erwiesen hatte, endgültig festgestellt hat. Herr Shaw, der sich in revolutionären Kreisen großen Respekts erfreut und auch bei der Bildelpresse in solchem Ansehen steht, weil er sich noch mit weißem Vollbart und sonst nur mit einer Schwimmhose bekleidet photographieren läßt, hat über jenes Stück des Herrn Pirandello, das den Gipfelpunkt der geistigen Schamlosigkeit bedeutet (den Schlußpunkt der Entwicklungslinie eines sich selbst verwerfenden Theaterwesens und die Eröffnung seines inneren Konkurses) – er hat über das Stück, dessen Langweiligkeit selbst den unleugbaren zeitpathologischen Reiz gefährdet, das Wort gesprochen, es sei

> das originellste und stärkste Werk des antiken und modernen Theaters aller Nationen.

Für die Einbuße, daß meine Aussprüche nicht durch die Weltpresse kolportiert werden und meine Photographien der Bildelpresse vorenthalten sind, kann mich nur das Bewußtsein entschädigen, daß jene nicht so erkenntnisstark und so wahrhaftig, diese aber nicht so apart sind wie die des Herrn Shaw.

1925

Der tägliche Bericht

Aus dem »Hamburger Fremdenblatt«

In Berlin ereigneten sich während der Weihnachtsfeiertage zwanzig Selbstmordversuche, die in zehn Fällen von Erfolg gekrönt waren.

Pfleget den Fremdenverkehr

(Fremdenverkehrsförderung durch Schulkinder) Das Fremdenverkehrskomitee im Gremium der Wiener Kaufmannschaft hat gestern unter Vorsitz des Vizepräsidenten Kommerzialrates Bittmann nach einem. ausführlichen Referat über Fremdenverkehrsförderung durch Sekretär De. Paneth beschlossen, den Stadtschulrat für Wien zu ersuchen, *in den Schulen Fremdenverkehrstage einzuführen.* Aus Anlaß dieser Tage hätten die Lehrpersonen die Schulkinder aufmerksam zu machen, wie sehr eine Förderung des Fremdenverkehrs im Interesse des Wohlstandes jedes einzelnen, *also auch in letzter Linie der Lage der Schulkinder ist.* Die Schulkinder seien *in der Lage,* den Fremdenverkehr dadurch zu fördern, daß sie Fremden bereitwilligst Auskünfte geben und so dazu beitragen, daß jeder Besucher Österreichs gern an seinen Aufenthalt in Österreich zurückdenkt.

Ich freue mich immer, wenn meine Satire, die ich noch gekannt habe, wie sie so klein war, zur Wirklichkeit heranwächst. Es könnte doch keine Absurdität geben, die dieses absurde Land auf meine Weisung nicht zu liefern bereit wäre. Ja, die Förderung des Fremdenverkehrs, auf die ›aus Anlaß dieser Tage‹ die Lehrpersonen die Schulkinder aufmerksam machen sollen, ist im Interesse des Wohlstandes jedes einzelnen, ›also auch in letzter Linie der Lage der Schulkinder‹, in der sie sind, ihn zu fördern. In erster Linie aber wird sie zur Verhinderung der deutschen Sprache beitragen, damit die Kleinen, wenn sie den Fremdenverkehr gelernt haben und dereinst ins Leben hinaustreten, im Fremdenverkehrskomitee sitzen und auch so schöne Beschlüsse fassen können. Ob die Fremden an ihren Aufenthalt in Österreich mit besseren Gefühlen zurückdenken werden, wenn die Wiener Schulkinder ihnen bereitwilligst Auskunft erteilen, um die sie sie kaum angehen dürften, mag dahingestellt bleiben. Offenbar ist geplant, sie beim Betreten des Stock-im-Eisen-Platzes von einer Gruppe attackieren zu lassen, gleich jener, die den Betrachter des Kreidefelsens auf Rügen mit dem gräßlichen Chor erwartet: ›Soool ich Ihnen die Sage vom Herthasee erzählen?‹, worauf sich der Gast mit Grausen wendet, entschlossen, nie wieder wieder den Fuß auf den Boden dieser schönen, aber unwirtlichen Insel zu setzen. Man muß es einmal dem von einer fixen Idee paranoisch besessenem Österreicher sagen: die Fremden kommen deshalb so spärlich nach Österreich, weil sie hier auf Schritt und Tritt von den Bestrebungen zur Hebung des Fremdenverkehrs belästigt werden und weil ihnen halt gar so wenig außer dieser Zerstreuung geboten wird. Sollte jedoch Österreich trotzdem seinen Fremdenverkehr haben, so wird ja noch immer nicht Ruhe sein. Denn was fängt die Dementia paranoides an, wenn man ihr die Idee entwindet? Ich habe in meinem von Patienten aller Richtungen umstellten Leben ganz entsetzliche Beispiele dieser Art erlebt. Wenn man bedenkt, was dann der Österreicher alles anfangen könnte, so ist es immer noch besser, der Fremdenverkehr hebt sich nicht, damit jener an seine Hebung fortwirken könne.

Samariter in Wien

Wenn Bühnenleute mit dem Auto jemanden überfahren, so ist es eine Pikanterie. Das prominente Schandblatt Wiens, das Selbstmorde als Zugkraft für Kreuzworträtsel erfindet, schrieb von einem Theaterdirektor, der sich hier niederlassen wollte, so ganz beiläufig, er sei früher in der Schweiz tätig gewesen, wo er ›das »Malheur hatte‹, ein Kind totzufahren, was dann auch noch ein ›Pech‹ genannt wurde. Das Neue Wiener Tagblatt schließt sich wie folgt an:

(Schauspieler Treßler als Samariter.) Schauspieler Otto Treßler fuhr gestern mit seinem Privatauto über die Mariahilferstraße. An der Ecke der Zieglergasse lief die 19jährige Marie S. ... unvorsichtig über die Fahrbahn und direkt in das Auto hinein. Sie wurde niedergestoßen und erlitt eine Rißwunde am Hinterhaupt und eine Quetschung des rechten Knies. Herr Treßler brachte die Verletzte im Auto in die Filialstation der Rettungsgesellschaft und nachdem sie dort verbunden worden war, in ihre Wohnung, Nobilegasse Nr. 26.

Es ist gewiß wahr, daß die Wiener Fußgeher die einzige Qualität, die von ihnen verlangt wird, nicht haben, nämlich gehen zu können. Während der Wiener in allen anderen Lebensverhältnissen zu paktieren gewohnt ist, schaut er auf der Straße nicht nach rechts und nicht nach links, sondern torkelt gradaus aufs Ziel los, glotzend, plauschend, zeitunglesend oder schlechtweg tramhapert. Er geht so für sich hin, um nichts zu suchen als den Tod. Man hat den Eindruck, als ob man unter lauter Selbstmörder geraten wäre, die mit allem abgeschlossen haben und denen die nächste Gelegenheit gerade recht ist. Nie und nirgend haben sie mehr Gedanken im Kopf als auf der Straße, wobei sie das Hupensignal durchaus nicht als Störung empfinden. Paris, von Wienern bevölkert, gliche des Abends einem Leichenfeld nach einem Großkampftag. In Wien müßte man von rechtswegen aussteigen und jeden einzelnen Wiener über die Straße bringen, um ihn der Gefahr zu entrücken und selbst weiter zu können, mag jener auch noch so lange stehn und starren. Offenbar trifft also den Herrn Treßler, der, falls er die Tätigkeit selbst ausübt, gewiß mindestens ein so guter Chauffeur wie Schauspieler ist, nicht die geringste Schuld an dem Unfall. Aber hat er ein Verdienst daran? Hätte er die Überfahrene auch liegen lassen können? Konnte er sich, selbst ohne Mitleidsregung, dem Mißverständnis, daß er schuld sei, durch Abfahren entziehen? Immerhin ist es doch eine Selbstverständlichkeit, daß ein Automobil, dessen Lenker ja die moralische Pflicht hat, jeden auf der Landstraße Verunglückten ins nächste Spital zu bringen, den von ihm selbst Niedergestoßenen aufnimmt.«Samariter« wäre nicht einmal der intervenierende Lenker des andern Autos. Aber wenn auf einer Wiener Straße etwas geschieht, so ist es nicht das Unglück des Betroffenen, das in der Lokalchronik verschwindet, sondern der Erfolg des Täters. In Wien wird's halt eine Reklamenotiz. Und hinter ihr wird das glotzende Gesindel sichtbar, das auf der Straße die Funktion erfüllt, den Verkehr zu stören und die Hilfeleistung zu hemmen, zumal wenn der Samariter eine stadtbekannte Persönlichkeit ist. Dem Verunglückten wird höchstens manchmal die Aufmerksamkeit zuteil, daß ihm für alle Fälle das Geldtaschel abgenommen wird. Ältere Leser der Fackel erinnern sich noch an die konfiszierte Notiz über die »Hochgebornen Samariter«, die durch die weit verdienstvollere Intervention des Abgeordneten Masaryk, der mir damals gegen das Haus Habsburg beistand, parlamentarisch gerettet wurde und sofort wieder erscheinen konnte. Es war dargestellt, wie die minimale Pflichtleistung eines Erzherzogs, die kaum mehr als die höchstpersönliche Anwesenheit bedeutet hat, aus der Betrachtung einer servilen Presse als Ruhmestat hervorging, an der doch nichts bemerkenswert war als das Aufsehen und Gedränge der grüßenden Kanaille, die durch einen förmlichen Wall von Devotion die Hilfe erschwert hatte. Man wäre in einem Zustand der Traumverlorenheit gleich dem des Wiener Fußgängers befangen, wenn man wähnte, daß dergleichen in der Republik nicht mehr vorkommt. Abgesehen davon, daß ein Erzherzog seine Zugkraft beiweitem nicht eingebüßt hat – denn man könnte sich ganz gut vorstellen, daß hinter der haushohen Hoheit, wenn sie nicht in Basel lebte, die ganze Innere Stadt wie eh und je einherginge –, abgesehen von der Unveränderlichkeit in diesen Belangen besteht der republikanische Fortschritt auf der Wiener Straße in dem Stehenbleiben vor jedem Fußballer oder Filmfatzken. Die 19jährige Marie S. hat eine Rißwunde am Hinterhaupt, und wenn die Neugierde der Umstehenden dem Interesse für den Samariter und dieses endlich ihm selbst Platz gemacht hat, so fährt sein Automobil durch ein Spalier von Hochrufern zur Rettungsgesellschaft. Falls die Aktion nicht noch durch den Umstand verzögert wurde, daß Fräulein Körmendy und Fräulein Löwenstamm ihre Autographenalburns bei sich hatten.

Hungerkünstler da und dort

In Deutschland:

> Vor dem Leipziger Schöffengericht hatten sich heute der Hungerkünstler Harry Nelson, alias Reinhold Timer, aus Berlin, der Kaufmann Schützenbühel aus Berlin und der Wärter Bernhard Müller wegen Betrugs zu verantworten. Nelson war in Leipzig als Hungerkünstler aufgetreten und wollte fünfundvierzig Tage hungern. Am zweiunddreißigsten Tage kam auf, daß der Hungerkünstler durch längere Zeit in der Früh Biomalz zu sich genommen hatte, das ihm vom Wärter Müller im Einverständnis mit dem Angeklagten Schützenbühel zugesteckt worden war ... Nelson wurde *zu zwei Jahren, zwei Monaten Gefängnis*, Schützenbühel zu vier Monaten Gefängnis und Müller zu einer Woche Gefängnis verurteilt.

In Österreich:

In einem Bierkeller des 3. Bezirkes hungert der Hungerkünstler Fred Ellern heute den 46. Tag. Während er bisher gesundheitlich keinerlei Besorgnis erregte, haben sich gestern Herzkrämpfe einge-stellt, und auch eine Untersuchung der Lunge hat zu Befürchtun-gen Anlaß gegeben.

Aus diesem Grunde ist Fred Ellern sowohl von einem Privat-als auch von einem Polizeiarzt untersucht worden und *die Polizei will heute oder morgen die Entscheidung treffen, ob der Hungerkünstler weiterhungern darf oder nicht.* Die Temperatur betrug heute früh 36,4 Grad, der Puls 94 ...

Es ist begreiflich, daß Ellern weniger aus Rekordgründen, als vielmehr aus materiellen Ursachen über Pfingsten durchhal-ten will, um sich die erhöhten Einnahmen infolge des Pfingstbesuches zu sichern. –

Die völlig verschiedene Art, wie sich da und dort die Bestialität äußert, zeigt die Schwierigkeit des Anschlusses. In Deutschland ist man gegen Hungerkünstler, die nicht durchhalten wollen, weit unerbittlicher als gegen Fürsten, die während des Weltkriegs noch ganz anderes zu sich genommen haben als Biomalz und die Zu-schauer noch ganz anders betrogen haben. In Österreich, wo kein Volksbetrüger einer erpresserischen Journalistik zwei Jahre und zwei Monate bekommt, würde man vielleicht nicht einmal einem mogelnden Hungerkünstler eine so bestialische Strafe aufmessen. Natürlich legt man auch hier großen Wert darauf, daß reelle Arbeit geleistet wird, und steht einem, der hungern will, um nicht zu ver-hungern, noch am 46. Tag mit der Devise gegenüber: Leben und leben lassen! Daß eine Frau, um leben zu können, ihre Körperlust verkauft, wird da und dort von der Sittlichkeit verpönt und bedarf der behördlichen Bewilligung. Der Mann, der seine Körperqual zur Schau stellt, füllt seinen sozialen Beruf aus und bekommt es nur mit der deutschen Justiz zu schaffen, wenn er die Kunden um die Herz-krämpfe verkürzt. Es ist eine Freude, in solchen Gemeinwesen zu leben, wiewohl es in andern auch nicht ungemütlicher herzugehen scheint. Wer möchte zum Beispiel nicht gern der Landsmann der Leute sein, die einander jüngst in New York zu Tode getreten ha-ben, um einem Filmstar, der es vom Kellner zum Frauenbezwinger zweier Weltteile gebracht hatte, die letzte Ehre zu erweisen? Und mit derselben Begeisterung wird dieselbe Herde dort und überall in den nächsten Weltkrieg rennen, wenn ein gebietender Trottel oder ein Parlament von ebensolchen ihrer Blutgeilheit das rechte Phantom vorhält. Indes aber vertrauen sie auf Voronoff.

Was man halt so beobachtet

Ich habe die Beobachtung gemacht: Zuerst verlieren die Menschen den Verstand, dann verlieren sie das Geld, hernach die Ruhe, hierauf die Freiheit, an der vorletzten Station die Haltung und zum Schluß die Scham.

Ich habe dieselbe Beobachtung gemacht, nur in anderer Reihenfolge: zuerst verlieren die Menschen die Scham, dann den Verstand, hernach die Ruhe, hierauf die Haltung, an der vorletzten Station das Geld und zum Schluß die Freiheit.

Die Anekdote

Unter dem Titel »Nachkriegsgreuel« zitiert die Arbeiter-Zeitung aus einer Zeitung des Rheinlandes »Feldgraue Erinnerungen«:

Der Engländer
Der Hotzenloisl hat alleweil Hunger.
Und wenn der Loisl Hunger hat, dann ist er istond und schießt – sich einen Engländer, der etwas unvorsichtig als vorgeschobener Grabenposten aus der Deckung lugt.
»Krach piff!«
Der Engländer liegt. Und der Loisl setzt über spanische Reiter und Trichterfelder weg und holt sich dessen wohlgefüllten Tornister.
Im Graben kramt er aus: Brot, Konservenbüchsen, Schnäpse.
Neidvolle Augen umlauern ihn. Sagt der Bachlrauck, der auch alleweil Hunger hat: »Geh weiter, laß mich doch auch mithalten.«
Sagt der Loisl saukalt: »Könnt' mir einfallen... Schieß dir selber einen!«

Und bemerkt dazu:

Der schmockische Erdgeruch, der der Anekdote entströmt, befreit die deutschen Krieger von dem Verdacht, daß sich unter ihnen dergleichen zugetragen hat. Der Widerwille, den sie hervorruft, kann nur diejenigen treffen, die mit solchen Erfindungen den Kriegsgreuelgeist pflegen wollen, natürlich zur höheren Ehre der Monarchie.

Dazu ist erstens zu sagen, daß der Titel falsch ist, da es sich um rechtschaffene Kriegsgreuel handelt und ›Nachkriegsgreuel« sich höchstens auf Begebenheiten aus der Zeit beziehen könnten, wo dieselben Leute, die soeben in der Sphäre des »Abschießens« gevöllert hatten und am Blutbetrug beteiligt waren, sich auf den Raub umstellten. Zweitens haftet der Anekdote kein schmockischer Erdgeruch an, sondern der unverfälscht bajuvarische, und es wird kaum möglich sein, die deutschen Krieger von dem Verdacht zu befreien, daß sich unter ihnen dergleichen zugetragen hat, da unter den unzähligen Tatsachen entfesselter Bestialität in allen Kriegslagern vom ersten Tag ihres Ausbruchs an gerade das »Abschießen« auf bayrischer und österreichischer Seite eine Hauptrolle spielte. Wenn sich die Gesinnung, die dergleichen nicht nur preist, sondern ihm eine humorige Seite abgewinnt, durch zehn Jahre nach Kriegsschluß erhalten hat, so kann man wohl ermessen, wie tief sie in der Stimmung jener Tage verankert war. Erfunden ist an der Anekdote höchstens das Greuel der pointierten Fassung, nicht der Gefühlsinhalt: die mechanische Bereitschaft des Mordens, sei es im Dienst der vaterländischen Phrase oder des durch sie verursachten Hungers; und wenn die Pointe diesen Inhalt herausarbeitet, so wird sie dem psychischen Sachverhalt der damaligen Situation durchaus gerecht, der spontanen Verwandlung des Spießers oder gemütlichen Trottels in eine saukalte Bestie. Drittens aber ist es völlig falsch, zu meinen, daß der Widerwille, den die Anekdote hervorruft, bloß eine politische Tendenz gegen die militärisch-monarchistisch orientierten Erfinder habe. In Wahrheit ist die Publikation, ob sie nun eine wahre oder eine zufällig erfundene Begebenheit betrifft, ein kulturelles Symptom von außerordentlicher Bedeutung und der Widerwille richtet sich leider gegen eine Nation, in deren Sprache derartige Reminiszenz und vor allem das Behagen an ihr möglich ist. Denn völlig undenkbar wäre, daß heute in einem Ghurka-Blatt eine Bluttat von damals in der Perspektive eines »Gut gegeben« der ›Fliegenden Blätter‹ erschiene und daß Farbige, ohne auch schamrot zu werden, mit Schmunzeln bei der Erinnerung an das Abenteuer ihrer Hotzenloisl und Bachlmuck verweilten. Vor solcher Saukälte ginge ihnen denn doch ein Schauer über den Rücken, den die Feldgrauen noch heute nicht spüren. Dagegen scheint also kein Umsturz etwas zu vermögen, und es setzt schließlich eine kulturhistorische Anekdote ab, die den andern beliebten Titel führt: »Immer derselbe«.

Gerhart Hauptmann bei Castiglioni

Unter diesem Titel, der schon an den Exhibitionismus einer schwarzen Messe streift, sucht das Neue Wiener Journal das Ungewöhnliche zu rechtfertigen:

Keine plötzliche, ad hoc geknüpfte Freundschaft, *obwohl auch solches zulässig wäre*, denn Camillo Castiglioni, dessen reichlich geübtes Mäcenatentum ungleich weniger bemerkt wurde als die Verdammnis, die über ihn *verhangen* war, ist der Besitzer jenes Theaters in der Josefstadt, in dem »Dorothea Angermann« Samstag zur Uraufführung gelangte ... Der seltene Anlaß einer Hauptmannschen Uraufführung in Wien durfte von niemandem, *am wenigsten* von Castiglioni unbeachtet bleiben, der, *abgesehen von seiner ehrlichen Begeisterung für den größten lebenden deutschen Dichter* auch sein Hausherrnrecht in nobelster Form übte. *Aus innerlicher und äußerlicher Verpflichtung* gab Castiglioni ... in seinem Wiedener Palais ein Souper, an dem eine kleine, *aber sehr gewählte* Gesellschaft teilnahm. Gerhart Hauptmann war mit seiner Frau und seinem Sohn erschienen. Ein nicht minder illustrer Gast Tristan Bernard und der *führende Kritiker Berlins* Dr. Alfred *Kerr* waren ebenfalls gekommen. *Selbstverständlich* fehlte auch Max Reinhardt nicht. Kein rauschendes Fest mit Hunderten von Gästen – zu einem solchen *eignen sich die heutigen Zeiten nicht* – bloß eine herzliche intime Feier von etwa sechzehn Personen, um zwei Geistesgrößen *in schlichtem Umgang* zu huldigen – in diesem Zeichen verlief der *anspruchslos veranstaltete, dennoch bemerkenswerte* Festabend, dessen deshalb Erwähnung geschieht, weil der Gastgeber *ohne jede Prätention* sich dazu verstanden hatte.

Man hat also auch den vierten, den Kerr, der sich nach einem »Keller« gesehnt hatte, aber mit einem Palais vorliebnahm. Hoffentlich gelingt es, das noch unbekannte Dutzend festzustellen, das in schlichtem Umgang bei dem Ernährer Bekessys soupiert hat; diesen selbst hätte nichts außer der Flucht von der gewählten Gesellschaft ferngehalten. Bliebe schließlich nur übrig, zu untersuchen, welches Geschäft Herr Castiglioni, abgesehen von seiner ehrlichen Begeisterung für den größten lebenden deutschen Dichter, in Wien vorhat und für welche merkurialen Zwecke da der Olymp engagiert wurde. Der Fall zeigt klar, um wie viel dringender es wäre, statt einer Dichterakademie ein Dichterkuratorium ins Leben zu rufen.

Er ist nicht in den Keller gestiegen – aber das nächste Mal!

XV.

Wien sah ich zuletzt vor vier Jahren. Damals wars ein Elend. Heute wird man bezaubert von der Stadt. Sie lebt *in Erwartung.*

Des Kerr.

Himmlisches Frühlingswetter, vier Wochen vor *Weihnacht*. Vormittags fuhr ich in den Prater mit einem Freund. Sonnbeglänzt saßen Leute vor *Meiereien, oder wie das dort heißt*. Am Sonntag. (Alles geruhiger als bei uns, nicht mechanisch, ländlicher.) *Und alte Bäume wärmten sich gutgelaunt.*

Wegen des Kerr.

Nachmittags fuhren wir, mit Hauptmann eine ganze Gesellschaft, auf den Kobenzl. Hunderte saßen vor dem Haus im Freien. Unten die geschlängelte Donau wirkt wahrhaftig blau von hier. Grüner Glanz über der Ebene.

Dem Kerr aufliegend.

Bloß in das Griechenbeisl bin ich nicht gekommen, wo ich einmal essen, *nicht in den Melker Stiftskeller*, wo ich *einmal trinken* wollte – *mit Kutschern und Dienstmännern und Köchen, samt Anhang ... Aber das nächste Mal.*

Alfred Kerr.

Also das ist schon ein Mausi von solchen Dimensionen, daß kreißende Berge einmal zufrieden gewesen wären. Sucht das Griechenbeisl mit der Seele und röhrt nach dem Keller. Fürwahr, ein schmecketiger Schmock! Aber die höchste Komik bleibt doch die Komik, die ihrer Komik nicht bewußt wird und wenn man sich ausschütten möchte vor Lachen, ein ernsthaftes Gesicht macht. Das 'Neue Wiener Journal' nennt es »ein schmeichelhaftes Urteil« über Wien. Also den Melker Stiftskeller hatte er in petto. Mit »Kutschern« wollte er trinken, die längst Chauffeure geworden sind, mit abgeschiedenen Dienstmännern, die auch bei Lebzeiten nie dort verkehrt haben und eigens für diese Gelegenheit die Livree hätten anziehen müssen, und mit Köchen, ausgerechnet mit Köchen! Was in so einem Berliner Gehirn nur vorgeht. Was sich diese Kunden nur unter einem »Melker Stiftskeller« vorstellen, wo offenbar ein Abt den Grüßer macht und Ministrantenbuben als Pikkolos herumhupfen, damit die Herren vom Kurfürstendamm auf ihre Spesen kommen. Vielleicht lassen sich Theaterleute herbei und der Herr Glawatsch verkleidet sich als Kutscher, Herr Maierhofer als Dienstmann und Herr Homolka – dieser frische Eindruck spielt wohl hinein – kommt, wie er ist, als »Koch Mario« (aus dem »Josefstädtischen« Theater), wohl der einzige Koch, der in Wien momentan vorrätig ist. Was diese Preußen nur angeben! Wie sie auf die alte Kultur pochen und Klamauk machen, wenn sie nicht da ist! Unaufhörlich vollzieht sich der Anschluß Mampes an die Resitant. Wem Mosse will rechte Gunst erweisen, den schickt er in die weite Welt, und da geben sie denn ihre »Eindrücke« wieder, daß Gott erbarm. Man kann sich vorstellen, aus welchem Humus von Schmockerei da alles Spanische und Amerikanische erwächst. Bezüglich Wiens scheint für das laufende Jahrhundert die Richtlinie zu bestehen, daß vor den Bahnhöfen die »Waschermadrola« Spalier bilden und alles zu dem Bild passen muß, welches im »Tageblatt« einmal entworfen ward: beim ersten Auftreten Girardis im Burgtheater haben die Komtessen die Fiaker umarmt. Es bleibt mir unvergeßlich und meine Schlaflosigkeit rührt hauptsächlich daher, daß ich, sooft ich im Einnicken bin, durch die Vorstellung dieser Szene animiert werde. Nun werde ich auch immer daran denken müssen, wie der Kerr sich auf die Kutscher und Dienstmänner und Köche (samt Anhang) gefreut hat, und wie nichts daraus wurde, aber nur weil er vom Besuch des Melker Stiftskellers durch Castiglioni abgehalten war, und wie er die dort wartenden Volkstypen auf das nächste Mal vertröstet. Aber dann!

Die findige Post

Ungewöhnliche Dinge haben sich da begeben:

Ernst Lothar *schloß* seine Einführung mit der Verlesung eines Briefes, der ihm *während seines Vortrages überreicht* wurde. Professor Max Liebermann, der Präsident der preußischen Akademie, hat an Heinrich Mann die Mitteilung gerichtet, daß die Sektion für Dichtkunst ihn in ihrer ersten Sitzung zum Mitglied gewählt habe, und fragt *vertraulich* an, ob Mann die Wahl annehme. *Und da Heinrich Mann annimmt,* hatten die Anwesenden Gelegenheit, dem Ausgezeichneten *ihre Genugtuung* darüber zu bezeugen.

Der Brief mit der vertraulichen Anfrage muß also spät abends eingetroffen und von der Post irrtümlich statt an den Adressaten Heinrich Mann an Herrn Ernst Lothar ausgeliefert worden sein, wiewohl dieser gerade einen Vortrag hielt und schon an und für sich als Pseudonym schwer auffindbar ist; denn während man glauben möchte, daß er Rudelolf Lothars Bruder ist und also Spitzer heißt, verbirgt er sich als der Bruder Hans Müllers. Aus dem Brief ging aber noch nicht die Antwort hervor, nämlich, ob Herr Mann annimmt oder ablehnt. Wie erfuhr Herr Lothar dieses? Und vor allem: wie konnte ihm, während er sprach, ein Brief überreicht werden? Das Extrablatt ist genauer informiert:

Während der gestern abends im großen Musikvereinssaal stattgefundenen Vorlesung Heinrich Manns *traf in Wien ein Schreiben* der Deutschen Dichtersektion *aus Berlin ein* , in welchem Heinrich Mann die Aufnahme in die Deutsche Dichtersektion mitgeteilt wurde. Ernst Lothar hatte *eben* einen einleitenden Vortrag *begonnen,* als ein Diener das Schreiben *in den Saal* brachte. *Daraufhin* las Ernst Lothar den Brief vor, der, von Max Liebermann gezeichnet, an Heinrich Mann die Anfrage richtete, ob er die Aufnahme in die Deutsche Dichtersektion annehme. Ernst Lothar konnte *gleichzeitig* die *bejahende Antwort des Dichters* dem Publikum mitteilen, das die Nachricht *mit stürmischem Beifall aufnahm.*

Manches bleibt doch unaufgeklärt. Nehmen wir also getrost an, daß am Abend im Hotel des Herrn Heinrich Mann ein Brief aus Berlin eingetroffen war, den der Portier sofort ins Künstlerzimmer nachgeschickt hat (da er ahnte, daß darin die Berufung in die Akademie enthalten sei). Mann entschloß sich, den Brief durch einen

Diener aufs Podium zu schicken. Er dachte, wenn er sich schon durch Herrn Ernst Lothar eine »Einführung« in seinen Vortrag besorgen läßt – Lothars Bruder Hans Müller ist offenbar für Thomas reserviert –, so gehe dies in einem. Die Post, das Hotel, der Dichter, der Diener – alles klappte tadellos. Wie aber erfuhr Herr Lothar, daß der Dichter die Berufung annimmt? Da bleibt nur die Vermutung, daß dieser einen Zettel mitgeschickt hat mit den kurzen, aber inhaltsschweren Worten: Sagen Sie, ich nehm' an! ... Es kommt selten vor, daß während einer Produktion ein Diener auf dem Podium erscheint, höchstens bei Todesfällen oder wenn ein Vortragender das Publikum dermaßen langweilt, daß er abgeführt werden muß, was tatsächlich einmal in Wien geschehen sein soll. Herr Ernst Lothar dürfte erschrocken sein, als der Diener herannahte, aber er bewies eine Geistesgegenwart, die vielleicht im Vortrag selbst nicht so ganz zur Geltung kam. Davon, daß zwischen so ernsten Männern etwa eine Komödie abgekartet worden wäre, indem ihnen Berufung und Annahme schon vor Beginn des Vortrags bekannt waren und nur um die Stimmung des Publikums zu heben, der Zwischenfall mit der Intervention des Dieners inszeniert wurde, davon könnte doch nicht die Rede sein. Kläglich genug bleibt ja die Vorstellung, daß die Akteure selbst überrascht waren und sich keinen anderen Ausweg wußten als die Mitteilung an das Publikum. Die öffentliche Haltung Heinrich Manns hat bisher für solche Vorstellungen wenig Raum gelassen. Aber die Würde eines deutschen Dichterakademikers scheint eben allerlei Konzessionen zu bedingen.

Der Lächler

Herr Shaw hat seinen Dank an Deutschland durch S. Fischer übermittelt und mit sympathischer Bescheidenheit seinen Gefühlen bei dem Übermaß von Ehrungen Ausdruck gegeben:

> Die Wirkung war, als ob Sie eine schwere goldene Kette um den Hals einer Gans gehängt hätten, so daß der arme Vogel, unter besten Absichten, auf den Grund des Teiches sank.

In dieser Lage habe er nicht gleich antworten können. Jetzt aber ist er wieder obenauf und munter wie zuvor.

> Was sollte ich tun?... Ich hätte Trebitsch umarmen können, dem ich meinen Ruf in Deutschland verdanke.

Aber wie den sämtlichen erwachsenen Männern danken, die mit ihm Bubi gespielt haben?

Aber wie kann man *einer Reihe von Bergen die Hand schütteln* oder *Walhalla umarmen? Stellen Sie sich den alten Mann vor,* wie er überwältigt den Kopf schüttelt und murmelt: »Bitte, bitte, sehr verbunden, tausend Dank« usw. usw., bis er erschöpft in Schlaf sinkt!

Immer lustick, gab er, anstatt Hand und Kopf zu schütteln, Anweisung, allen Journalisten und Gratulanten mitzuteilen, daß er »am Morgen beim Baden im Lago Maggiore ertrunken wäre«; diesmal ohne goldene Kette. Wovon sich bald darauf wenigstens die Journalisten auf dem Festland überzeugen konnten. Folgen noch einige köstliche Witze, die unzweifelhaft dartun, daß dieser unterschobene Ire ein Verwandter von Mosse und Theodor Wolff ist, der, statt den 'Ulk' zu redigieren, von Trebitsch ins Englische übersetzt wurde. Die Weltgeltung versteht sich aber aus der allgemeinen Übersetzbarkeit einer Banalität, die an den Normen der Welt eben die Kritik übt, um derentwillen sich die blutigsten Tyrannen ihre Hofnarren hielten. (Deren Witz doch wenigstens das Tragische solcher Antilogie hatte.) Und da er als höchsten Ausdruck dieser Weltgeltung den Nobelpreis bekam, tat er, was man erwartet hatte. Er »lächelte«, und wenn man sich dieses Lächeln in alle Welt telegraphiert und in allen Spalten stereotypiert vorstellte, da konnte wohl – wie ein Kollege und Landsmann des Herrn Shaw gesagt hat, den dieser nicht besonders schätzt – »der Mensch in salz'ge Tränen vergehn, wie Kannen seine Augen brauchend, des Herbstes Staub zu löschen«. Er dankte nicht, sondern er lächelte, und machte vor Journalisten den Scherz, er habe den Preis für das Jahr 1925 vermutlich deshalb bekommen, weil er in diesem Jahre nichts geschrieben habe – ohne sich des tieferen Witzes solcher Preiswürdigkeit bewußt zu sein –; dann führte er die Hanswurstiade jenes Verzichts auf mit der Forderung, daß der Betrag dem Ausbau englisch-schwedischer Kulturbeziehungen zuzufließen habe, ohne daß jemand sich vorstellen könnte, was das sei und wie man das mache. (Mit Recht wies er auf die Reichtümer hin, die ihm die Weltbelustigung eingetragen hat und die er mit keinem Musikmacher teilen muß; die Krise der Geldentwertung scheint überstanden, die seine Tantiemen geschmälert hat und über die er seinen Humor in einer

Zeit verlor, in der es anderen Menschen noch etwas schlechter ging.) Dann aber nahm er an und »stellte nur die Bedingung«, daß er in seinem Sinne über das Geld verfügen könne, womit er eines der primitivsten Menschenrechte für solche, die einen Preis gewinnen, erkämpfen wollte. Mit einem Wort, einer von den großen Antipoden der Konvention, über die sie eine damische Freud' hat. Ja, das ist ein Satiriker, wie er sich gehört, ein »schöpferischer Satiriker«, keiner, der bloß niederreißt, nicht so wie eh schon wissen, sagten alle. Denn was immer er der Welt anhat, er lächelt wie der gesunde Menschenverstand, der zum Bade ladet, dem man bis auf den Grund sieht und in dem überhaupt keine Gans ertrinken könnte.

Barockhendl

Wie gut mir diese Wortbildung gelungen ist, bekräftigt jetzt Herr
Hermann Bahr in einem seiner Tagebücher:

> ... Wann beginnt eigentlich das Backhendlwien und wann
> endet es? Seine schönste Blüte war vielleicht der Wiener
> Kongreß. Das Backhendel ist ja das Symbol einer Lebens-
> form, in der eine schon lockere, schon zergehende Kraft sich
> noch einmal aufzuraffen versucht. Indem Habsburg sich auf-
> gibt –

Auf der ganzen Welt dürfte es ja an den Grundlagen für diese
Gastronomie fehlen, die sich schon zur Gastromantik steigert, um
aus einem gebackenen Hühnchen eine Lebensform zu erschließen.
Aber die ganze Welt entbehrt eben überhaupt der Kultur, welche
ohne die sie deutenden Schmöcke ja auch nicht bestehen oder gewesen sein könnte. Ich erwartete nun sehnsüchtig das Wörtlein
»Barock«. Hat ihn schon:

> Statt, wo die Überlieferung abgerissen war, beim *Barock*,
> wieder anzuknüpfen, importiert man Bildung und wundert
> sich dann, wenn sie improvisiert wirkt.

Ich hatte also den Nagel auf den Kopf getroffen und das Barock-
hendel abgeschossen.

Umsturz in der Neuen Freien Presse

Unlängst, an einem Sonntag, mußten die ältesten Leser das Folgende wahrnehmen. Zum erstenmal, nicht etwa in der Gerichts-
rubrik, nein in der Literaturrubrik – in der Besprechung einer Novelle von Berthold Viertel durch Herrn Zweig – lasen sie, der Autor
habe unter anderen Werken eine fanatische Bekenntnisschrift für
Karl Kraus geschrieben, und ferner, der Held seiner Novelle werde
in einem Abenteuer mit einer kleinen Hure vorgeführt. Das war
etwas viel auf einmal. Es schmeichelt mir, daß bei der ersten Gelegenheit, da sich die Neue Freie Presse das Wort »Hure« erlaubte –
obschon sie vielleicht bei einer »kleinen‹ Hure unliebsame Gedan-
kenverbindungen für ausgeschlossen hält –, auch meinen Namen
über die Lippen gebracht hat. Sie weiß, daß ich stets gerade auf

diesem Gebiete den Kampf gegen soziale Vorurteile geführt habe und wo es stärkere Journalisten gibt, immer auf Seite der schwächeren Huren gewesen bin. Aber für die treuen Leser, welche die Traditionen des Blattes schon durch die Seifenannoncen über dem Leitartikel durchbrochen fühlen, war es sicherlich ein Chok. Handelt es sich doch um Gebiete des Wissens, die nicht ohne behutsame Aufklärung, nicht allzu jäh erschlossen werden sollten. Jenen nun, die sich über die durchgreifende Neuerung entrüsten dürften, wird die Neue Freie Presse schon mit dem Mut ihrer Überzeugung und mit dem Blattgefühl, das eben auch eine Anpassung an den Zeitgeist vorschreibt, zu begegnen wissen. Es werden sich aber voraussichtlich Gruppen bilden, und was wird sie mit solchen Lesern anfangen, die überhaupt nicht verstanden haben, was ihnen ihr Blatt da auftischt? Es verlautet denn auch bereits, daß aus dem Lager der ältesten Biache, die nie anderes als die Neue Freie Presse gelesen haben, lebhafte Anfragen eintreffen: »Fanatische Bekenntnisschrift für Karl Kraus? Erstens, wer ist das, was heißt das? Bekenntnisschrift für einen Unbekannten? Was hat er selbst für Schriften geschrieben? Zweitens, wie ist das zu verstehn mit Hure? Was ist das, was heißt das? Schreibt sie fürs Blatt?« Denn zu Rebussen sind sie nicht aufgelegt, und schließlich muß man zugeben, die Neue Freie Presse hat sich vielleicht ein bißl übereilt.

Desperanto

zur Beethoven-Feier:

Dem Mann maßlos wütender Wortgewitter, dessen Liebe den Nächsten mit der Peitsche Reinheit heischender Virtus striemte, wälzt Schicksalsfinsternis undurchdringliche Nebelschwaden vor des Hörganges Pforte.

Beethoven wird taub.

Das kann dem Leser, dem solch undurchdringliche Nebelschwaden vor des Hörganges Pforte gewälzt werden, auch passieren.

Denn, wie sich der Erfinder dieser Sprache einst kürzer ausgedrückt hat: »Schälle täuben«. Wie dem immer sei, jedenfalls sieht man, daß er der Alte geblieben ist, daß er durch das schurkische Attentat, welches ihn zum Blutzeugen gegen diese deutsche Nachkriegswelt gemacht hat, nicht, wie das Gerücht behauptete, der Kraft verlustig ging, seine Satzgebilde zu formen. Bedauerlich genug, daß sich Gesundheit nicht anders ausdrückt, erfreulich, daß sie sich ausdrückt. Und man darf mir schon glauben, daß ich solche Gelegenheit zum Dementi mit einem positiven Gefühl benütze: auch als die zu einer menschlichen Anerkennung, die dem Manne gebührt, der für die sagenhafte deutsche Freiheit mehr getan, weil mehr gelitten hat, als alle diese Protestliteraten zusammen, die sich in Gruppen hervorwagen um unter einen verständlicheren Leitartikel ihre Namen zu setzen. Ich habe es mir seit damals versagt, seine Arbeiten, die er fast nur mehr in Wien veröffentlicht, zu lesen, und sicher war es bloß um dieser Erklärung willen meinem Blicke verhängt, auf den einen, vollkräftigen Satz seiner Beethoven-Huldigung zu fallen.

Der Glaserdiamant

Dieses ist von Werfel, für Mosse zu Ostern:

Der Fanatiker

Wehleidig, wie noch immer nicht gesundet
Von langer Krankheit, schaut er müde *drein.*
Er wählt, abwesend, unter Näsche *rein,*
Von denen ihm die süßeste nicht mundet.
Braun ist sein Aug' von Ekel untergrundet.
Ein graues Lächeln hängt wie Spinnweb fein
Im Runzelwerk: Die Welt ist so gemein!
Man hat ihn schon im Mutterleib verwundet.
Das Stichwort fällt! Der noch wie Uferweiden
Im Winde des Gespräches schlaff sich wand,
Hebt eine Stirn nun, steinern ausgespannt.
Das Kinn zielt scharf. Nun sollen andre leiden!
Schon blitzt, um uns ins Lügenherz zu schneiden,
Sein Brillenblick, der Glaserdiamant.

Man sagt, es gehe gegen mich. Ich wüßte nicht, wie er zu der Beobachtung gekommen wäre. Möglich, daß ich in der Zeit, da ich den Dichter in der Maienblüte meiner Sünden und seiner Begeisterung ein paar Mal an meiner Seite hatte, müde und wehleidig dreingeschaut habe. Das ist aber schon lange her und von Ekel untergrundet war mein Auge erst später, als sich das Erlebnis der Haßliebe an einem dieser Verehrer nach dem andern wiederholte. »Näscherein« und gar solche, die sich so pragerisch reimen, habe ich selten genossen, und richtig ist nur, daß mir bald die süßeste, welche man in Deutschland für Lyrik hält, nicht gemundet hat. Ich erinnere mich, daß ich etwa im Jahre 1913 nach dem Abendessen einige sogenannte »Scheidl«, die geradezu ein Gedicht waren, zu mir genommen, diese Gewohnheit aber zugleich mit dem Genuß der echten Werfel eingestellt habe. Es könnte nun sein, daß das Motiv der ›fünfzehn Indianerkrapfen«, für das ich vergebens nach einem Anhaltspunkt in meinem Leben suchte, aus solchem Bezirk visionärer Eindrucksbildung – der Dichter sah mir auf die Lippen – in die Erpresserjournalistik gelangt ist. Daß ich mich je im Winde des Gesprächs mit Werfel wie Uferweiden schlaff gewunden haben soll, ist eine starke Übertreibung und vielleicht die hysterische Übertragung eines Jüngers, der sich damals im Mänadenzustand vor mir gewunden hat, bis er sich selbständig machte und mich nebbich überwand. Es kam, nach jener großen Zeit, da das Vaterland die Begeisterung für Götz verlangte, die Epoche des Sturms und Drangs auf den Bankverein, welcher sich aber auch nicht erobern ließ, hierauf spiegelmenschliches Besinnen, etliche Libretti mit und ohne Musik von Verdi, von dem »La donna è mobile« ist, und dazwischen öfter ein Gedicht, das meines Wesens Bild als das eines Fanatikers, eines Torquemada, kurz als das eines Menschen zeichnete, der keine Gefühlsschlamperei in der Literatur duldet Aber immer so, daß es etwas unbestimmt war und auch gegen einen andern gehen konnte. Ich habe natürlich gar nichts dagegen, daß es sich auf mich bezieht, wiewohl manches nicht zu stimmen scheint. Das mit dem Brillenblick, dem Glaserdiamanten, ist gewiß nicht richtig. Ich trage wohl eine Brille, weil mein Auge kurzsichtig ist, aber mein Blick ist es keineswegs. Nicht die Brille, die nur bei der Erfassung äußerer Mißeindrücke hilft, macht meinen Blick zum Diamanten, der das Gläserne bricht; sondern von Natur schneidet er ins Lügenherz. Daß der Dichter sich zu einem solchen bekennt, um meine Unerbittlichkeit anzuklagen, ist vielleicht eine Fleißaufgabe zu dem Gerichtstag, den er über sich zu halten pflegt. Dennoch möchte ich ihn, streng, aber gerecht ermahnen, in seinem Läuterungsbedürfnis nicht zu weit zu gehen. Ich fühle mich nicht getroffen, wohl aber belästigt, und er sollte sich doch ein Beispiel an mir nehmen, der sich so lange als nur möglich zurückhält, jenen Gerichtstag über sich zu halten, durch den hervorkäme, welcherlei Menschlichkeiten ich literaturreif gemacht habe, »Nun sollen andre leiden!«: es ist einfach nicht wahr, daß dies mein Wunsch ist, und ich habe es mein Lebtag immer so lange vermieden, als es mit einem öffentlichen Interesse nur irgend vereinbar war. Diese Abspiegelungen meiner Wesensart, wie Sie sich vazierenden Verehrern darstellt, diese Versuche, mit mir bei Mosse oder wo immer in Sonetten anzubinden, wünsche ich ehestens eingestellt, nicht weil sie mich betreffen, sondern weil sie der klägliche Ausweg eines Betroffenen sind, der zugleich nicht dichten und nicht polemisieren kann. Wie rein sachlich in künstlerischen Dingen ich urteile, rücksichtslos bis zum Fanatismus, wenn es sich um Verse handelt; wie da den Glaserdiamanten – schon blitzt er – kein Mitleid abhält, andere leiden zu lassen, beweise ich allerdings gerade in diesem Fall. Denn wiewohl das Gedicht offenbar gegen mich geht, bringe ich doch die Objektivität auf, zu erklären, daß es ein Dreck ist.

Was es jetzt gibt

Nach einer Fahrt mit Hindernissen ist Kammersänger *Boll-mann* der *Goethe in Lehars* »Friederike« – Samstag abends in Wien eingetroffen ...

»Ich würde,« sagt Bollmann, »es als Arroganz empfinden, wollte ich den großen Dichter auf der Bühne darstellen. Nur den jungen Studenten Goethe zu verkörpern, habe ich mir vorgenommen. Ich will meiner Gestalt *alle schwulstige Würde, alle bedrückende Schwere nehmen. Ich scheue mich keineswegs, im ersten Akt als Goethe sogar das Tanzbein zu schwingen. Dadurch habe ich auch die schauspielerische Möglichkeit, die Entwicklung Goethes* vom Studenten zum großen Dichter im letzten Akt, der acht Jahre später spielt, anzudeuten. Mit dieser *Auffassung*, die ich einem eingehenden Studium des Lebens Goethes verdanke, stehe ich durchaus im Einklang mit der Auffassung Lehars selber. Und die Kritik hat mir bisher auch darin Recht gegeben: Nur so konnte sich *der empfindsamste Goetheverehrer* nicht verletzt fühlen. Die Rolle an sich macht mir ungemein viel Freude. Ich hatte seinerzeit Unrecht, als ich »Zarewitsch« für Lehars bestes Werk erklärte. Ich ahnte damals nicht, daß es noch eine Steigerungsmöglichkeit gebe. Nun aber sage ich: »Friederike« ist Lehars reifstes Werk ...«

————————

Lieben Freunde, es gab schönre Zeiten,
Als die unsern, das ist nicht zu streiten! –

Sehn wir doch das Große aller Zeiten
Auf den Brettern, die die Welt bedeuten,
Sinnvoll still an uns vorübergehn.

Schiller, »An die Freunde«

»Die lustigen Weiber« können entweder überhaupt nicht mehr oder nur historisch oder, *am besten*, in radikal bearbeiteter Form gespielt werden: mit Benützung der Figuren und szenischen Grundrisse, aber *mit neuem Text.*

Herbert Ihering.

Dieser Ausspruch des zweiten führenden Kritikers Berlins muß ohne Rücksicht auf den Umstand, daß er sich in der Sache des noch immer ersten führenden Kritikers anständig und relativ mutig betragen hat, aufbewahrt werden. Er enthält die Doktrin, von der jetzt die Konfektionsgilde, die sich des deutschen Theaterlebens bemächtigt hat, für die Beschmutzung Shakespeares, Nestroys und Offenbachs das reine Gewissen bezieht. Daß der Schmutz, gegen den keine Kulturgesetzgebung Abhilfe gewährt – denn der nationale und staatliche Kretinismus kennt diesen Begriff nur in den Belangen der Geschlechtsmoral –, daß der Schmutz just auf meiner Fährte abgelagert wird, ist eine ungeschriebene Zeittragödie, die noch der Verschandelung harrt. Allerorten spüren sie jetzt, daß die Reprisen meines Theaters der Dichtung irgendwie jenes »Zeitgefühl« ansprechen, dem man zu dienen glaubt, wenn man ihm mangels einer ihm entstammten Produktion den unabänderlichen Kunstwert aufopfert. So kommt nicht nur der Witz der an mich gestellten Zumutungen zustande – und es wäre schon eine abendfüllende Unterhaltung, wenn ich erzählen wollte, welche Pächter von hundert süßen Beinchen nun auf meine Offenbachs spitzen –, sondern auch der Greuel von Erneuerungen, die sich ohne meine Beihilfe abspielen. Die entfesselte Schrulle der Kunstgewerbler führt »Regie« über Nutznießer und Ausgebeutete eines Berufs, den gemeinhin nichts mehr mit der Theaternatur verbindet außer Lampenfieber und Preßfurcht. Was sich da auf deutschen Bühnen unter dem Titel und Vorwand von Werten begibt, die dem Aufmachertum, der Geldgier und einfach der bösen Lust preisgegeben sind, hat Formen angenommen, die das Problem abrücken aus der Betrachtung des künstlerischen in die des sozialen Verfalls als einer Prostitution der mitwirkenden Menschenleiber. Der »neue Text«, den der führende Kritiker noch vermißt, ist beiweitem überboten von der Schmach, die dem alten angetan wird, wobei sich freilich auch die Unwissenheit einer konservativeren Kritik bewähren kann, die die erhaltenen Reste nicht erkennt und dem Bearbeiter zuschreibt. Als sie in Berlin »Troilus und Cressida« (lies: Kessida) aufmachten, staunte diese Kritik, daß da ein Trojanerheld per »Lord« angesprochen wird, und bei den »Lustigen Weibern« hält sie es für Modernisierung, daß von einem Windhundrennen die Rede ist und das Wort »Verkohlen« vorkommt. Im übrigen ist sie aber doch auch der Ansicht, daß dieses entzückendste aller Lustspiele – dessen Falstaff seit jeher als eine Verwässerung der Heinrich-Gestalt verkannt wird – keines der Güter sei, die »gegen Einbrüche dreister Regie umgittert zu werden brauchen«. Gemäß dieser Toleranz der Alten wie jener Diktatur der Jungen lebt sich der Unfug einer Theaterreformerei aus, die die Erkenntnis befestigen konnte, daß »die Spree noch mehr Dreck hat« als das Donauwasser, freilich nicht ohne Berücksichtigung des Umstandes, daß eben dorthin ein Abfluß aus der Brigittenau erfolgt ist. Unverwirrt von der Betrachtung dieser Dinge und von dem Widerwillen, der mich beim Betreten eines Berliner Theaterraums erfaßt – denn dort gehe ich noch ins Theater –, gestaltet sich das »Theater der Dichtung«, von welchem das der Vernichtung sein Repertoire bezieht. Es gestaltet sich vor einer kleinen Welt, der eine Kunstführung, die zugleich Lehre und Beispiel bot, den Zusammenhang mit lebendigen Dingen bewahrt hat. Sie wird darum nicht, gleich jenem neudeutschen Wesen, an dem zu allerletzt die Kunst genesen wird, »Pathos« dort beanstanden, wo eine Welt jenseits der Zeitkommis die Sprache ihrer höheren Natur spricht, und wird es nicht durch eine »Sachlichkeit« ersetzt wünschen, deren Fläche Raum für jederhand ornamentalen Unfug hat. Was die Bearbeitung Shakespeares für das Theater der Dichtung anlangt, so kann dem »Zeitgefühl«, von dem die Aktualität allen Rückstands besessen ist, nach wie vor kein anderes Zugeständnis gemacht und kein anderes Opfer dargebracht werden als dasjenige, das in der Reduktion des Dramas auf einen Theaterabend besteht. Solcher Bearbeitung – und jede andere scheidet aus dem Kulturbereich als Blasphemie am Original, als Frechheit gegen den Sprachbesitz der Schlegel-Tieck'schen (Mommsen'schen) Übersetzung – habe ich bisher zehn Shakespearedramen unterzogen: König Lear, Hamlet, Macbeth, Timon von Athen, Coriolan, Troilus und Cressida, Das Wintermärchen, Maß für Maß, Verlorne Liebesmüh, Die lustigen Weiber von Windsor (nebst Teilen von König Johann und der Heinrich VI.-Trilogie). Geringfügige szenische Umstellungen und Vereinfachungen, gelegentliche Verwendung von eigenen und Zeilen der Vossischen Übersetzung – es bleibt unerheblich neben dem, worauf es einzig ankommt: von hundertzwanzig Seiten dreißig zu streichen, und so zu streichen, daß kein »szenischer Grundriß« berührt, kein edlerer Teil des sprachlichen Organismus verletzt und nur das entfernt wird, was an dieser hypertrophischen Welt dem heutigen Erfassen als Wucherung erschiene. Solche Arbeit von Vers zu Vers und durch alle Verschlingungen der Prosa durchzuführen, setzt den wahren Regisseur des Worts und der Szene voraus. Keiner der Auslagenarrangeure, die auf den heutigen Bühnen mit der Notzucht am Geiste betraut sind, wäre zu dieser Arbeit fähig, keiner der Theoretiker, die ihnen Mut machen zur »Benützung der Figuren«, wäre auch nur des sprachkritischen Gefühls fähig, wie es nur geschehen mag, daß der erhaltene Wert die Verminderung der Quantität nicht spüren läßt. Ganz gemäß diesem Zustand wird kein Besucher des Theaters der Dichtung es bemängeln, daß dessen Direktor, Regisseur und Mitwirkender vorläufig darauf verzichtet, Shakespeare mit neuem Text zu spielen. Und vollends keiner, daß er auch auf die Theaterkritik verzichtet.

Ob die Christlichsozialen nicht vielleicht doch ebenso gut sind? Ein Hakenkreuzler, auch ein Nürnberger, hatte anläßlich der Münchner Aufführung des Traumstücks geschrieben, der Autor gehöre »einem teilweise syphilitisch verseuchten Kreise« an, in dem geschlechtliche Ansteckung von Frauenspersonen alle Tage Übung sei. Das Nürnberger Gericht erster Instanz sprach – vielleicht mit Berücksichtigung des Zugeständnisses, daß der Kreis nur *teilweise* syphilitisch verseucht sei – den Kritiker frei, da er in Wahrung berechtigter Interessen gehandelt habe: offenbar, weil er die Frauenspersonen warnen wollte. Die zweite Instanz fand dieses ethische Motiv nicht gegeben, sondern verurteilte den Angeklagten, und die dritte hat die Verurteilung nunmehr bestätigt. Das schien ihnen also denn doch nicht zu gehen. Durch den Freispruch des Zeichners George Grosz ist nun diese Justiz der berechtigten Interessen von Hakenkreuzlern, der einstweiligen Verfügungen für Kriegslyriker und der fahrlässigen Falscheide im Allgemeinen vollends für eine Woche rehabilitiert worden. Nur die 'Reichspost' ist mit ihr, gerade wegen dieser Unterbrechung ihrer Praxis, unzufrieden und hat das schwere Unrecht, das mit dem Freispruch des Gotteslästerers, und insbesondere mit der Begründung des Freispruches, der Christen-

heit zugefügt wurde (die den Segen über Giftgase schmerzlos er-
duldet hat), durch eine gelungene Parallele zum Ausdruck gebracht. Sie schrieb wörtlich:

> ... Aber hier gibt es auch für den Künstler Grenzen, die er
> nicht überschreiten darf. Vor allem jene Grenzen, die durch
> das Gesetz der Ehrfurcht vor Göttlichem und Erhabenem ge-
> zogen sind. Was würde der Zeichner Groß dazu sagen, wenn
> ein ihm feindlicher Kollege den geschmacklosen Einfall hätte,
> etwa seine Mutter oder wer ihm sonst das Teuerste ist, kari-
> katuristisch zu verzerren, und so »symbolisch« ihn (Groß)
> selber zu verspotten? Als vor einiger Zeit in Wien *Bekessys*
> »Stunde« in ihrem *Kampfe* gegen den Schriftsteller Karl *Kraus*
> dessen Jugendbildnis in übler Verzerrung brachte, reagierte
> der *Verspottete* in Artikeln flammendster Entrüstung und
> mobilisierte die Gerichte gegen den Attentäter, bis dieser *den
> Frevel* durch ein richtiggestelltes Bild sühnen mußte. Und alle
> anständigen Kreise haben damals mit diesem Ausgang der
> Affäre durchaus sympathisiert. *Aber das Bild des gekreuzigten
> Gottmenschen soll gegen den Zuggriff eines symbolebedürftigen
> Spötters ungeschützt bleiben müssen?* Wenn nächstens ein zwei-
> ter Bekessy für seine Technik der Verspottung vor Gericht
> den Freispruch des Zeichners Groß – »Es gilt, die Kunst vor
> den Mißverstehenden zu schützen« – reklamieren würde,
> welche Verlegenheit für die Linkspresse, die keine göttliche
> Majestät gelten läßt und für jede Blasphemie die Entschuldi-
> gung der »Kunst« hat, aber bereitwilligst *der beleidigten irdi-
> schen Majestät etwa eines Schriftstellers die Unantastbarkeit zuer-
> kennt!*

Die Stupidität des Gedankenganges ist labyrinthisch. Die 'Reichspost' hat sich damals zwar nicht sonderlich strapaziert, die Sympa-
thie der »anständigen Kreise« – denen ich den Bekessy von ganzem
Herzen zurückwünsche – zum Ausdruck zu bringen, aber sie hat
von dem Meister der Kunst, Sachverhalte durch Tonfälle zu fäl-
schen, profitiert. Natürlich trifft sie's aus purer Dummheit. Von der
Verzerrung eines photographischen Sachverhalts ist sie – da sie die
»Artikel flammendster Entrüstung« weniger verstanden hat als den
»Kampf« des Herrn Bekessy – mit einem Satz im Problem der
künstlerischen Karikatur. Als ob George Grosz ein vorhandenes

Christusbild unter der Fiktion, daß er das Original wiedergebe, verschmiert hätte. Oder: als ob ich beim Gericht Schutz des Rechtsguts der Ehre oder gar der Heiligkeit gesucht und erlangt hätte. Zur Anerkennung eines photographischen Sachverhalts als einer berichtigbaren Tatsache habe ich die Justiz wohl gebracht. Leider hält sie noch nicht so weit, daß man auch der Verschmierung geistiger Sachverhalte mit dem § 23 begegnen könnte. Lüge in Wort und Bild läßt sich berichtigen, Dummheit noch nicht; mit der kämpfen die ungeschützten Götter selbst vergebens.

Kerrs Enthüllung

Im kleinen Finger der Hand, mit der er fünfundzwanzig Verse der Ammerschen Übersetzung von Villon genommen hat, ist dieser Brecht originaler als der Kerr, der ihm dahintergekommen ist; und hat für mein Gefühl mit allem, was ihn als Bekenner dem Piscatorwesen näher rückt als mir (ja was mir weltanschaulich zuwider ist als die Mischung von Nieder- und Aufreißertum, als eine betonte Immoral sanity) mehr Beziehung zu den lebendigen Dingen der Lyrik und der Szene als das furchtbare Geschlecht des Tages, das sich nun an seine Sohlen geheftet hat. So wenig ein Zweifel darüber bestehen kann, daß eine geistige Existenz ausgelöscht wäre, die auch nur mit einem einzigen fremden Vers zu glänzen versuchte, so ausbündig ist die Trottelei, die einem weismachen will, dieser so geartete, so begabte und so sichtbar abwegige Autor hätte es nötig gehabt und für möglich gehalten, die Verse, die ihm für den Bühnenzweck praktikabel schienen wie Versatzstücke und Personen, und deren autorrechtliche Fatierung er für den Druck verschlampt hat, als literarische Kontrebande auf die Seite zu bringen. Eine Bewußtseinshandlung, die hier noch ein »Copyright« anbringt, zu unterstellen, ist nicht die Bosheit der Satire, sondern der Idiotie, oder gar die Gesinnung, die deren Anschein nicht verschmäht, um auf Idioten eine Augenblickswirkung zu erzielen. Annähernd so stupid wie etwa der Versuch, Altenbergs Fluch über Freunde als Zeugnis zu werten, ihn, da er Geld sammelte, der Korruption, oder, wenn er Verse genommen hätte, der Dieberei zu beschuldigen. Wenn es heute in der Literatur einen Fall gibt, wo eine Tat, die Unterlassung ist, durch den Täter entsühnt wird – der mindestens den Anspruch hat, daß man ihm biologisch so gerecht werde wie er den

Lebenserscheinungen, und der gewiß mit der gleichen Unbedenklichkeit und Verwahrlosungssucht über sein eigenes Gut verfügen würde –, so ist es der Fall Brecht. Das kann ich aus einem lyrischen Wust herleiten, in dem doch Echteres enthalten ist als die heutige Literatur zu bieten hat, was aus einer Theaterbesessenheit, die ich am Werke gesehen habe und an der auch nicht die Spur eines Spekulantentums ist, das ihn von meiner dramatischen Sphäre ausschließen würde. Die Schufterei wird natürlich sagen, daß mich seine Neigung zu eben ihr befangen macht; aber ich würde diesen Regisseur im Falle der Nichtbewährung mit der vollen Unbefangenheit ablehnen, mit der ich jedem Versuch der heutigen Theaterwelt gegenüberstehe, sich mit mir einzulassen. Mit größerem Recht weise ich den schäbigen Beweggrund solcher Verknüpfung dem Herrn Kerr zu, dessen Drang, hier zu enthüllen, nicht allein in dem Bedürfnis der Ablenkung wurzelt, sondern auch innerhalb des Machtbereichs der kritischen Repressalien spielen dürfte. Wäre Bert Brecht trotz der Verdächtigkeit der Anzeige ein Dieb, so könnte ich natürlich auch seine Originalität der Regieführung nicht brauchen. (Auf die ich auch verzichten müßte, wenn ich ihn der konjunkturpolitischen Lumperei fähig hielte, deren ihn die Ehrlichkeit Franz Pfemferts beschuldigt.) Da er es nach meiner Überzeugung nicht ist, bin ich umso mehr verpflichtet, diese geltend zu machen, als ihm sein Vorhaben, durch keinerlei Furcht und Rücksicht gehemmt oder bestimmt, die Verfolgung offenbar zugezogen oder doch einer alten Ranküne auf die Beine geholfen hat. Verpflichtet also, dem Opfer eines Kesseltreibens beizustehen, das ich, wie so oft in diesen Bereichen der Gewalthaberei, als Vergeltung meiner Schuld empfinde und dessen Gefährlichkeit zum Glück von seiner Dummheit paralysiert wird. Was den Rädelsführer betrifft, so habe ich schon in Einleitungen zu dem Vortrag »Der größte Feigling im ganzen Land« darauf hingewiesen, daß »Kerrs Enthüllung« eine für die Sprachlehre erhebliche Genitivbeziehung vorstellt. Es wäre nur noch zu sagen, daß er im Vergleich mit Brecht insofern mehr Pech hat als dieser, als es noch niemand eingefallen ist, zu enthüllen, daß die Gottlieb-Gedichte nicht von ihm seien, und ich glaube, daß er heute eine weit größere Summe, als er mir mit Hilfe der deutschen Justiz für »einstweilige Verfügungen« abgenommen hat, dafür geben würde, daß sie nicht von ihm wären. Ja, es besteht die Vermutung, daß hier einmal ein rechtmäßiger Eigentümer durch den Ruf »Haltet den

Dieb!« ablenken wollte. Und wie er zu dem ersehnten Resultat, daß die Gottlieb-Gedichte nicht mehr von ihm seien, gelangen könnte, diesen Weg werde ich, Friedmensch der ich bin, ihm gelegentlich weisen. Brecht hätte sich geschickter als mit der »grundsätzlichen Laxheit in Fragen des geistigen Eigentums« durch den Hinweis auf einen lyrischen Autor verteidigt, der so penibel ist, seine eigene Produktion zu verleugnen, und sich mit Hilfe der Zivilgerichte gegen jeden Versuch wehrt, sie ihm mit Quellenangabe zuzuschreiben, ja nicht weit von dem Wunsch entfernt ist, daß sie ihm gestohlen würde. Was der Kerr da ins Werk gesetzt hat, als er erfuhr, daß Brecht sich für die Regie der »Unüberwindlichen« oder der »Letzten Nacht« interessiere, ergänzt derart das Bild seiner moralischen und intellektuellen Beschaffenheit, daß man darauf nur das Mot anwenden kann, mit dem er kürzlich dem Kurfürstendamm zu Lachkrämpfen verhalf: »Saudurnm und Gomorrha.« Nun, er ist, um weiter in seiner Sprache zu reden: ein Enthüllerich. Aber was wäre ich erst für einer, wenn ich wieder einmal einen Strafprozeß in Deutschland – sie sind so schwer zu führen! – abbrechen wollte, um (im Falle Wolff-Kerr) die Beute eines unbezahlbaren Schriftsatzes und eines, der noch die bekannten übertrifft, zu präsentieren. Und daß Herr Kerr, der die englische Herkunft eines Gedichtes gewissenhaft schon nach zwei Wochen nachgetragen hat, Plagiate enthüllen darf, ist ganz in Ordnung und in der Linie seiner Gerechtsame, vor der meine Apokalypse, die bis heute der Quelle des Johannes entbehrt, und mein Lichtenberg-Zitat nicht bestehen konnten. Aber was soll man dazu sagen, daß sein freundbrüderlicher Nachdrucker aus Gottlieb-Tagen, der Lippowitz, dessen Geschäft, von Bordellgewinsten abgesehen, keineswegs der heimliche literarische Diebstahl, sondern der offene Raub des geistigen Eigentums sämtlicher deutschen Tagesliteratur ist, ein Geschrei erhebt, als ob zum erstenmal ihm etwas abhanden gekommen wäre! Das Neue Wiener Journal kann es einfach nicht ertragen, daß man sich zur Laxheit in Fragen geistigen Eigentums bekennt und schreibt:

> Früher nannte man solche Dinge »literarischen Diebstahl« oder belegte sie mit irgendeinem anderen unliebenswürdigen Ausdruck.

Nämlich damals, als die Frankfurter Zeitung den Lippowitz einen Dieb nannte und er, um solcher Unfreundlichkeit zu begegnen, die

Artikel, die er ihr entnahm, mit F. Z. Unterzeichnete. Damals, als sich in der Fackel die geplünderten Autoren meldeten, kriminalistische Fachblätter über die spezifische Technik des Diebstahls beim Neuen Wiener Journal Essays brachten und der Fall heiteres Aufsehen erregte, wie der Artikeldieb durch die stehengebliebene Wendung von Eduard VII, als dem »Onkel unseres Kaisers« die Selbstanzeige erstattet hatte. Dieses nämliche Neue Wiener Journal nun – an der diesbezüglichen Identität dürfte Schober nicht zweifeln – scheint es dem Autor der Dreigroschenoper zu verübeln, daß er die Herkunft der paar Verse, die er nicht leugnen konnte, ausdrücklich zugab, und eben darin eine Laxheit in Fragen geistigen Eigentums zu erblicken, in welchen es, sooft es auch erwischt wurde, dem starren System gehuldigt hat, sich nichts wissen zu machen und weiter zu stehlen. Er setzt den Titel: »Brecht antwortet auf Kerrs Plagiatbeschuldigung«. Derlei hat Lippowitz nie getan – das heißt, plagiiert schon, aber nicht geantwortet! In der durch Zörgiebel ausgebauten (und durch Schober vertieften) Bundesbrüderschaft mit dem 'Vorwärts' hat er aber gar die Frechheit, das Folgende zu drucken:

> *(Dem Plagiator Brecht ins Stammbuch.)* Der sozialdemokratische 'Vorwärts' widmet dem kommunistischen Plagiator Bert Brecht, der *bekanntlich gestanden hat, zahllose* Verse der »Dreigroschenoper« *gestohlen zu haben,* die folgenden spitzen Verse ...

Kein Zweifel, er verübelt ihm hauptsächlich das Geständnis. Aber die Verse des sozialdemokratischen Blattes, das von der Chefredaktion des alten Liebknecht bis zu der Tauglichkeit, vom Lippowitz mit Quellenangabe benützt zu werden, herabgesunken ist, sind nicht spitz, sondern dreckig. Die zahllosen Verse jedoch, die Brecht unter sechshundert mit einer Planhaftigkeit übernommen hat, die den Lippowitz zum Hort der autorrechtlichen Moral machen würde, entsprechen genau der ominösen Zahl, die das Leitmotiv dieses Heftes der Fackel bildet. Sie wäre für einen journalistischen Hinterteil fällig, wenn dessen Platz nicht von dreimal so viel Bordellannoncen okkupiert wäre, die die einzigen sauberen und originalen Beiträge des Neuen Wiener Journals bilden.

Die Räuber in Salzburg

Das Inszenierungsproblem. der »Räuber« hat seit Piscator die deutsche Kulturwelt bewegt. Man war auf Reinhardts Lösung gespannt. Ich habe ihr zwar nicht beigewohnt, aber ein lebendiges Bild durch den die Eindrücke zusammenfassenden Bericht der Neuen Freien Presse erhalten. Er lautet:

Die Reinhardt-Inszenierung von Schillers
»Die Räuber«
Telegramm, unseres Korrespondenten

Den Höhepunkt der heutigen Festspielsaison bildete die gestrige Premiere der Reinhardt-Inszenierung von Schillers »Die Räuber«. Zu diesem Ereignis hatte sich im Festspielhaus ein glänzendes Publikum eingefunden, das alle Räume füllte. In dem ausverkauften Haus gaben die herrlichen Toiletten der Damen dem Bilde eine farbenprächtige Note. Man sah zahlreiche Vertreter der Theaterwelt des In- und Auslandes sowie die Spitzen der Behörden von Stadt und Land Salzburg mit Landeshauptmann Rehrl, Bürgermeister Ott und viele bedeutende Persönlichkeiten des öffentlichen Lebens. Der Premiere wohnte auch der frühere Handelsminister Dr. Heinl bei.
Nach der Vorstellung fand im Schloß Leopoldskron ein Empfang bei Max Reinhardt statt, zu dem sich eine große Anzahl von Personen in den herrlichen Räumen des Schlosses eingefunden hatten.

Lumpazivagabundus

Das Gefühl der Beseligung, das sich aller Parteien einschließlich der Opposition beim Regierungsantritt Schobers bemächtigt hat, prägte sich schon in den Aufschriften aus. Während es nach der bürgerlichen Presse »ein Kabinett des Vertrauens« oder gar eines der Kapazitäten war, hat sich das »Kleine Blatt‹, in welchem sich seiner radikaleren Richtung entsprechend ein Umschwung der Sozialdemokratie radikaler ausprägt als im Zentralorgan, zu dem Titel entschlossen:

Eine Regierung gegen den Staatsstreich!
Hainisch und drei Professoren im Kabinett

Der »Abend«, der in den Titel die Meinung von einer

Absage an die Putschisten und Staatsstreichlüsternen

aufnahm, teilte diese Meinung insofern nicht ganz, als er schon
auf der nächsten Seite mit, einigem Bedauern feststellen mußte:

> Besser wäre natürlich gewesen, wenn Herr Schober sich aus-
> drücklich gegen die bekannten Putschpläne und ihre Urhe-
> ber gewendet hätte. Aber das durfte und wollte er ja nicht.

Die erbittertsten Gegner waren sich jedoch mit Recht darüber ei-
nig, daß kein Grund mehr zu einem Putsch vorhanden sei, und man
hatte den Eindruck, daß sie nach dem Genuß der Zankäpfel auch
nicht verschmäht haben, die Grausbirnen miteinander zu teilen.
Schobers Versicherung, daß er mit den Putschmächten, deren Treu-
händer er ist, gegebenenfalls fertig würde, hatte die Ankläger des
Julimordes bis zu dem Opfer versöhnt, ihm »Freundschaft!« anzu-
bieten. Ach, ein Schmerz ist mir gestohlen worden! Es gibt kein
Problem mehr zwischen mir und sozialistischen Hörern. Kein
Grund mehr zum Pathos: daß deren Partei vor einem bürgerlichen
Gericht aus »gutem Geschmack« es ablehnt, die Polemik gegen
jenen »in der Literaturrubrik fortzusetzen«, da sie sie ja nunmehr
auch in der »eigentlichen Politik« sistiert hat. Daß »zwischendurch«
Herr Seipel behaupten konnte, die Wiener Polizei verwahre die
Waffen der Heimwehr so sicher wie die Tiroler Landesregierung –
was diese zugab und jene leugnete –, mochte die Freiheitskämpfer
wohl beschäftigen, doch nicht bis zu dem Entschluß, den Korrespondenten des englischen Blattes einfach zu fragen, ob er, der jedenfalls die Wahrheit gesagt hat, nicht geneigt sei, Herrn Seipel
noch einmal zu interviewen. Aber wer hätte in einer Region, wo die
verdorbene Sprache zum Schlupfwinkel der korrupten Gedanken
taugt, noch Mut und Lust, bis zu Sachverhalten vorzudringen.
Schlägt doch jeder dieser durch die Solidarität der Unehrlichkeit
verbundenen Gegner im Ernstfall die Kastentür zu wie der Ehe-
mann in der Anekdote, der den Nebenbuhler überall sucht und
endlich findet: »Da ist er auch nicht!« Wenn nur die Sorte nicht von
den eigentlich Betrogenen erwischt wird! Die wahre politische Arbeit besteht in eben deren Beruhigung. Wie steht man am andern

Tag wieder oppositionell auf, wenn man sich besänftigt ins Bett gelegt hat – sein oder nicht sein, das ist hier die Frage. Ganz einfach, man trägt den Sieg davon, den der Feind errungen hat. War durch die Drohung schon erreicht, was sonst nur die Gewalt erreicht hätte, war ein Staatsstreich gelungen, ehe er gemacht wurde, war es klar, daß der »Schleichende Bolschewismus« nun mindestens durch einen schleichenden Faszismus abgetan sei – so konnte doch die Berufung von drei Professoren ins Kabinett den Arbeitern

> der sinnfälligste Ausdruck der Niederlage der Heimwehren

sein. Denn:

> *Wie immer* sich die Regierung Schober zu den sozialen Bedürfnissen unseres Volkes verhalten mag

sagte schlicht und befriedigt das 'Kleine Blatt' (das beigibt und sich wendet) – also von dieser Geringfügigkeit, über die man später einmal sprechen kann, abgesehen:

> eine Staatsstreichregierung ist sie keinesfalls.

Und der nämlichen Meinung ist das Neue Wiener Journal, das nach wochenlanger erpresserischer Drohung mit den Karabinern der Heimwehr auf die Kapazitäten verweist, die das Vertrauen des Auslands zurückgewinnen werden:

> denn mit Universitätsprofessoren, mit Gelehrten wird wohl kein Bürgerkrieg, kein Putsch frei nach Hitler und Kapp gemacht!

Das sollen sich diejenigen, die man schon durch die Drohung kirre gemacht hat, nur ja aus dem Kopf schlagen. Nun, es wäre ganz unvorstellbar, daß das Abenteuer, das sich in einem Wald begibt, wenn der Wanderer dem Räuber begegnet, jemals in die Pointe verlaufen könnte, die die Verlogenheit dieses politischen Wesens in Österreich immer noch zur Verfügung hat. Jene würden einander doch nicht hinterdrein versichern und sich jeder auf seine Art des Erfolges rühmen, daß nach der unblutigen Entscheidung der Alternative »Geld oder Leben!« nicht der geringste Grund mehr zu einer Beunruhigung vorhanden sei. Aber in dieser Politik wird noch, wo's ans Leben geht, gemogelt und nachher erst recht. Man hat den Eindruck, daß zwischen den Parteien nicht nur volles Einverständnis herrscht, bis zu welchem Grad sie einander gefährlich werden dürfen, sondern daß sie auch das Maß der Lüge zur nachträglichen Irreführung des Publikums gegenseitig bestimmen. Die Sprache ist unter den prostituierenden Händen einer Publizistik, die diese Interessen betreut, ein derartiges Schindluder geworden, daß sie fast wiederum Wunder der Ausdrucksfähigkeit offenbart: wie sich die pure Lüge einer Zeile schon in der nächsten ins Gegenteil wendet, ohne das geringste Risiko, zur Wahrheit zu entarten. Immer wieder ist man vor gehirnlähmender Zumutung versucht, wie Lear zu fragen: »Wie war das?«, aber man kommt nicht dazu und nicht dahinter, weil das Absurde doch so plausibel ist und der Tonfall mit dem Einwand fertig wird, bevor er sich regt. Diese ganze Debatte etwa über ein Ausland, das die inländische Unschuld in Verruf bringt, war bei aller Stupidität ein schöner Beweis dafür, daß sich das durch Bekessy ersonnene laufende Band des Standpunkts heute schon für jede Argumentation und für das Bedürfnis jeder Gesinnung bewährt. Aber den Triumph dieser technischen Neuerung bedeutet doch die Kunst, die allgemeine Zufriedenheit über den Umschwung der Dinge mit sämtlichen Überzeugungen in Harmonie zu bringen und in camera caritatis immer noch so viel Freiheit zu behaupten, um etwas zum Fenster hinaussprechen zu können. Diese ganze österreichische Politik, die nie etwas anderes als ein Wirtshauskrakeel war, schrumpft zum Konflikt zwischen Schuster und Schneider im »Lumpazivagabundus« ein: »Wann ich einmal anfang, wann ich einmal anfang – aber ich fang nicht an«. Und nach eingetretener Entspannung – dem biederen Leim ist es gelungen – grollt noch jener: »Den Schneider zerreiß ich in Lüften, wann er sich rührt«; worauf dieser noch einmal in die Höhe schnellt: »Schuster fangt schon wieder an!« Aber das Vertrauen des Auslands ist wiederhergestellt.

Eine Hoffnung

Künstliche Steigerung der Hirnfunktion

– Um das Ergebnis der Versuche vorwegzunehmen: die Steigerung der Hirnfunktion ließ sich tatsächlich durch die unverletzten Knochen hindurch hervorrufen. Und zwar durch Durchwärmung des Gehirnes mittels Diathermie – Zunächst wurden die Versuche am *Kleinhirn* vorgenommen, weil die

Tätigkeit gerade dieses Gehirnteiles besonders gut erforscht und durch Beobachtung bestimmter Gliedmaßenbewegungen exakt überprüfbar ist. Eine solche vom Kleinhirn ausgelöste Bewegung ist zum Beispiel *das Auseinanderweichen der vorgestreckten Arme bei geschlossenen Augen.* Bei Einschaltung des Diathermiestromes durch das Kleinhirn hindurch tritt nun eine entgegen gesetzte Wirkung ein, ein Nachinnenweichen der Arme. Es gelingt somit tatsächlich, mit der Diathermie eine Beeinflussung der Hirntätigkeit zu erzielen: also, bestimmte Gehirnabschnitte durch den Knochen hindurch zu erwärmen und damit in ihrer Tätigkeit zu fördern. Es handelt sich hier offenbar um direkte Erwärmung der behandelten Hirnteile, da *die Reaktion,* je nach der beeinflußten Hirnpartie, typisch *verschieden ausfällt.* – Sollten weitere Versuche ergeben, daß diese Funktionssteigerung auch für das Großhirn, also den Sitz der höheren intellektuellen Fähigkeiten, möglich ist, dann würde die Diathermiebehandlung des Gehirnes ein *unbegrenztes Anwendungsgebiet* finden.

Was es für die politische Entwicklung Österreichs, die man schon in den schwärzesten Farben zu sehen gewohnt war, bedeuten würde, braucht nicht gesagt zu werden, und es wird wohl kaum einen Patrioten geben, der sich nicht, wenn sich die Methode einmal bewährt hat, für Diathermiebehandlung erwärmen würde. Von medizinischen Dingen verstehe ich nichts, aber das Auseinanderweichen der vorgestreckten Arme bei geschlossenen Augen habe ich an tatkräftigen Politikern oft erlebt, die sie dann freilich sinken ließen. Wie dem immer sei, so sind doch Aussichten eröffnet, und wenn das ganze Land mal erst tüchtig durchdiathermisiert ist, wollen wir sehen, was sich hier noch machen läßt.

Er hat das so im Handgelenk

Statt von Fräulein Binder spricht er von der Binderschen während Legal, der unter Jessner-Leopold kleinere Rollen gespielt hat, nun ein Verwalterich geworden ist. Nun kommen alle und wollen's ihm nachmachen, möchten um jeden Preis keß sein, Kritiker, die kaum fünfzig sind:

> »Denn also will es der dämonische Filmmagnat, ein unglück- licher *Courths-Mahlerich,* mit satanischem Einschlag. –«

> »– Ein konfuser *Träumerich,* der sich in das kleine blonde Tanzmädel verliebt hat –

> Alles was diese *Mosheim-Grete* bis jetzt gespielt hat – »

So schreiben sie jetzt alle und nächstens wird's auch der Jacobs- Monty heraus haben. Ja wo Eigenart ist, kommen die andern. Wie er räuspert und wie er spuckt (ich meine sein Schenie und seinen Geist) haben sie ihm glücklich abgeguckt. Aber das was der Kerr- Alfred hat, ist eben derart unwiderstehlich, daß man sich schon vorstellen kann, auch schlichte botanische Bezeichnungen wie »'Wegerich«, »Lattich« und »Rettich« seien auf sein Beispiel zurück- zuführen. Und solche Annahme wäre gewiß eher berechtigt als die Vermutung, die ein Dortmunder Kritiker geäußert hat, nachdem ich die »Pandora« vorgetragen hatte. Er trat – in der Pause vor dem »Traumstück«, worin die Nuance aber nicht vorkommt – an einen literarisch gebildeten Hörer heran mit der Frage: »Sagen Sie mal, Doktor – weil ich nämlich den ersten Anfang versäumt habe – das, was er da gelesen hat – das war doch wohl von Kerr?« (Nach emp- fangener Aufklärung ging er hin und ward mein Besprecherich.)

Der Fordschritt

(Der standardisierte Mensch.) Henry Ford hat kürzlich hundert Millionen Dollar für die Errichtung einer Schule gestiftet, die er die Schule der Zukunft nennt. »Ich habe so lange Autos fabriziert«, erklärte er, »bis ich den Wunsch bekam, nunmehr Menschen zu fabrizieren. Die Losung der Zeit ist Standardisierung.« – Die erste Musterschule Fords, die ihre Tätigkeit bereits begonnen hat, nimmt nur Knaben im Alter von 12 bis 17 Jahren auf. Verpönt sind Sprachen,

Literatur, Kunst, Musik und Geschichte. – Die Lebenskunst müssen die Schüler lernen, sie müssen verstehen, *zu kaufen und zu verkaufen* –

Endlich einmal tabula rasa mit Vorwänden, die dem einzigen und wahren Lebenszweck vielfach hinderlich waren!

Woran sie arbeiten

Franz Lehar
Woran ich jetzt arbeite? ... Ich warte noch immer auf das *Buch der Bücher*!

Ernst Lissauer
Ich mache die Proben meines Dramas »Luther und Thomas Münzer« mit, das von Ende Juni an im Rahmen der Augsburger Festwochen zum vierhundertjährigen Jubiläum der Augsburgischen Konfession gespielt wird, und gehe dann an den Starnberger See.

Man erfährt also in einem, wo er den Sommer verbringt. Was die Augsburger Konfession betrifft, so hätte sie es mithin weit gebracht, aber was ist das gegen Lehar, der offenbar die katholische Bibel zu komponieren vorhat.

Eine gewisse Ähnlichkeit zwischen mir und Franz Joseph

immer schon durch das Moment der unermüdlichen Arbeit gegeben, stellt sich durch die jetzt veröffentlichten Briefe deutlicher heraus. Nicht gerade wegen der Mißbilligung Goethes und Shakespeares (»wir haben bessere Sachen und Leute zu feiern«); aber eine gewisse lebendige Fähigkeit, zu sehen und zu formulieren, scheint ihm, bevor er, gleich mir, zum Symbol allen Stillstands wurde, in der Tat geeignet zu haben. Er schrickt hin und wieder – für Napoleon III. – vor der Bezeichnung »Schuft« nicht zurück und seine Betrachtung der politischen Dinge findet den Ausdruck:

Aber eine solche Niederträchtigkeit einer- und Feigheit andererseits, wie sie jetzt die Welt regiert, ist doch noch nie dagewesen; man fragt sich manchmal, ob alles, *was geschieht, wirklich wahr ist.* Ich verliere aber den Mut nicht und hoffe auf eine bessere Zukunft.

Der Unterschied ist, daß ich diesen Optimismus – der wieder mehr auf eine Ähnlichkeit mit Schober weisen würde – nicht teile, und ferner: daß ich den Zweifel an der Unwahrscheinlichkeit des Wirklichen eben vor der franzjosephinischen Welt und ihrer unseligen Hinterlassenschaft empfinde.

Le roi s'ennuie

Aus den Briefen Franz Josephs an seine Mutter:

»– Und jetzt sitzen die Brüder mit Georg (von Sachsen) seit ? 7 Uhr in Torquato Tasso, was zur 100jährigen Feier des *Altvaters Goethe glorreichen Angedenkens* gegeben wird. Diese unnütze Feier hätten wir uns hier wohl schenken können, wir haben *bessere Sachen und Leute zu feiern.* Das Stück freut Georg sehr, auf mich wirkt es ungeheuer ennuyierend. Ich werde nur einen Augenblick wegen Georg hinfahren, weshalb ich jetzt schließen muß.«

»– Gestern war ich mit Sisi (Elisabeth) im »Sommernachtstraum« von Shakespeare im Burgtheater. Es war ziemlich langweilig und ungeheuer dumm. Nur Beckmann mit einem Eselskopf ist amüsant. –«

Verhatschtes Füßeln

Vorhalt an Herrn Schober:

– Sich an den Tisch der Demokratie setzen, und unter dem Tisch mit den Faszisten füßeln, das geht auf die Dauer nicht.

Schon aus dem Grunde nicht, weil am Tisch der Demokratie keine Faszisten zu sitzen pflegen. Es ginge nur, wenn sie unter dem Tisch versteckt wären, was ja irgendwie seine Richtigkeit hat, aber doch wieder nicht das richtige Füßeln ergäbe. Hätten es die Faszisten zu einem Platz am Tisch der Demokratie gebracht, dann dürfte sie gegen das Füßeln nichts mehr einwenden. Ihr Publizist – der Deutsch heißt – wollte sagen, es gehe auf die Dauer nicht, sich an den Tisch der Demokratie zu setzen und mit den Faszisten am Nebentisch zu kokettieren – eine Metapher, die Schobers Treublick durchaus angestanden hätte.

In Sensationslettern

Eine österreichische Schauspielerin nach Leipzig engagiert.

Schwer vorstellbar, wie es seinerzeit, sooft eine Eule nach Athen getragen wurde, gemeldet worden sein mag.

Die Tugend wird belohnt

Freudig erregt, als sollten für sie nun bessere Zeiten anbrechen – ordentlich Herzklopfen hat sie –, meldet die Neue Freie Presse:

Eine der größten amerikanischen Filmgesellschaften hat, nach amerikanischen Nachrichten, ihre Propaganda jetzt auf *eine ganz andere Basis gestellt*. Von nun an werden sämtliche Theater dieser Gesellschaft *ausschließlich nur in den Zeitungen inserieren* und in dieser Form ihre Programme bekannt geben. Die bisher üblich gewesene Plakatierung wird in Zukunft gänzlich unterbleiben. Zur Begründung dieser Maßnahme teilt die Gesellschaft folgendes mit:

Die Zeitungen haben in der Entwicklung des Films eine führende Rolle gespielt und große Hilfe geleistet. Sie sind nicht nur das beste Reklamemedium, sondern haben *auch durch ihre kritischen Betrachtungen* das Interesse des Publikums am Film wachgehalten, was von *ungeheurem Wert* war. –

Zweifellos werden auch andere amerikanische Firmen diesem Beispiel folgen. *In den Plakatierungskonzernen*, die damit einen ihrer größten Konsumenten verlieren, *herrscht über diese Maßregel begreiflicherweise die größte Bestürzung*.

Haben es sich selbst zuzuschreiben! Warum bringen sie keine kritischen Betrachtungen?

Lippowitz hat's eilig

Irrsinniger Friseur ermordet sieben Kunden.
Millionärssohn wird Berufstänzer.
Kind zu Tode mißhandelt.
Lokomotive fährt in Menschenmenge.
Deutscher Offizier beim Baden in Westerland ertrunken.
Tiroler Landesregierung für Major Pabst.
Siamesischer Prinz beim Papst.

König von Spanien löst seinen Rennstall auf.
Quartierfrau erschießt ihren Mieter.
Parlamentarismus wird reformiert.
Siebzehnjähriger ermordet seine Geliebte.
Verfassungsgerichtshof verwirft Dispensche.
Mädchenhändler in Marienbad verhaftet.
Irrsinnige Mutter erschlägt ihre beiden Kinder,
Regierung dankt Italien.
Jude deutscher Zentrumskandidat

Wie die österreichische Sittlichkeit spricht

– Im Zuge des zunächst wegen Übertretung gegen die öffentliche Sittlichkeit eingeleiteten Strafverfahrens ergab sich auch
der Verdacht, daß in einem an die Bar des Kaffeehauses an-
grenzenden Raum, dem mit besonderer Pracht ausgestatteten
»türkischen Zimmer« sich sehr häufig mit Wissen des Cafetiers unsittliche Vorgänge *abgespielt haben sollen.* Es wurde
daher auch gegen Scheffel eine Anklage wegen Kuppelei
nach § 515 St. G. erhoben. –

– Bezüglich des türkischen Zimmers hatte er erklärt, daß er
selbst dieses Zimmer nach orientalischem Muster mit besonderer Pracht ausgestattet habe, daß *dieses Zimmer* eine De-
ckenbeleuchtung von *480 Glühlampen* hatte und daß i nsbe-
sondere auch dieser Raum, der für solide Gesellschaft bestimmt
war, durch einen Wandkasten versteckt eine geheime, in den
Kellergang führende Ausgangstür hat. Der Angeklagte hat
auch zugegeben, daß im türkischen Zimmer, *mit Rücksicht auf
die kostbare Ausstattung,* von Getränken nur Sekt serviert
worden sei, daß jedoch seines Wissens in *diesem türkischen
Zimmer* niemals unzüchtige Vorgänge sich abgespielt hätten.

– *Anlangend* den Schuldspruch wegen Übertretung gegen die
öffentliche Sittlichkeit führte der Richter aus, daß nach dem
Ergebnisse des Beweisverfahrens Herr Scheffel sich einer
Angestellten gegenüber in der Telephonzelle, einer anderen
Angestellten gegenüber im Garderoberaum unsittlich be-
nommen habe in einer Weise, die geeignet war, öffentliches
Ärgernis zu erregen. Es muß, erklärte der Richter, der Eintritt

des öffentlichen Ärgernisses nicht unmittelbar der Tat gefolgt sein, es genügt, daß das unsittliche Vorgehen des Angeklagten von dritten Personen beobachtet werden konnte und nachher *Gegenstand einer Erörterung* war.

Anlangend die Verurteilung wegen Kuppelei nach § 515 St. G. führte der Richter zunächst *bezüglich* des türkischen Zimmers aus, daß *dieses Zimmer,* wie der Angeklagte behauptet, wohl *eine Sehenswürdigkeit Wiens sein mag* und *auch* nach orientalischem Muster eingerichtet wurde, daß aber beim Lokalaugenschein der erste Eindruck *von diesem Zimmer der* war, *daß dieses Zimmer* keineswegs für *harmlose ernste gesellschaftliche* Unterhaltung *bestimmt war,* sondern dazu *bestimmt sei, Personen beiderlei Geschlechtes ein ungestörtes Beisammensein zu ermöglichen.* Aus dem Beweisverfahren sei auch zutage getreten, daß *in dem türkischen Zimmer* Unzüchtigkeiten, wie es im § 515 angeführt ist, vorgekommen sind und daß die unzüchtigen Vorkommnisse *auch von außen durch die Lüftungsklappe beobachtet werden konnten.* Daß der Angeklagte, wenn er dies auch in Abrede stellt, von den Vorgängen im *türkischen Zimmer* Kenntnis hatte, gehe daraus hervor, daß *in dem türkischen Zimmer Sektzwang* war, weiter gehe dies aus der *moralischsittlichen Veranlagung des Cafetiers* und aus dem *Zwecke des türkischen Zimmers* hervor. –

Weißwurst und Gänseleber

Sechzig süddeutsche Metzgermeister reisen nach Paris.

Unter diesem Titel hat einer der Fleischer-Verbandszeitung (Berlin, Nr. 149 vom 28. Juni) seine feuilletonistische Begabung zur Verfügung gestellt – denn auch das kann man – und plaudert wie folgt:

– Die »Weißwurst aus München« kommt zur »Pariser Gänseleber«, um zu lernen. Genau betrachtet hat diese kleine Begebenheit noch eine besondere Bedeutung. Darum haben wir die fünftägige *Studienreise* mitgemacht.

Da wird wohl mancher Happen abgefallen sein.

Münchner, Augsburger, Ulmer und Pariser Metzgermeister saßen an einem Tisch beisammen. Sie haben sich gewiß nicht recht gut verstanden, was die Sprache anbetrifft. Und doch fühlten sie sich miteinander verbunden durch das gemeinsame Handwerk.

Man sprach nicht über Politik:

Man sprach über das, was beiden Teilen gemeinsam und in gleicher Weise am Herzen lag.

Man sprach über den Beruf.

Tauschte Erfahrungen aus über die besten Methoden Würste zu räuchern und Schinken zu konservieren. *Die Wursthaut war, wenn man so sagen darf, die gemeinsame Brücke zur Verständigung.*

Man darf. Aber die Wursthaut kann mehr.

Es schien dabei, als seien die Münchner Weißwurst und die Pariser Gänseleber nicht nur der Mittler zwischen Münchner und Pariser Metzgermeistern, sondern als seien sie auch *irgendwie* ein Verständigungsweg *zwischen zwei Völkern.* Als seien sie ein *ganz kleiner, liebenswürdiger, sehr inoffizieller, sehr menschlicher Beitrag zur Völkerversöhnung.*

Das könnte wahr sein. Wenn die Außenpolitik den Völkern endlich wurst wäre, könnte die Wurst mit besserem Gelingen Außenpolitik machen. Und der Feuilletonist der Weißwurst, die ein Weißbuch ersetzen könnte, beschreibt nun, wie abseits jeder Politik die Menschen standen, die da in Paris miteinander durch Schlachthöfe, Viehmärkte und Wurstfabriken gewandert sind. Genau betrachtet waren sie:

»Volksvertreter« im wahrsten Sinne des Wortes.

Sie vertrugen sich ganz ausgezeichnet:

Hatten alle das eine Interesse, gute Würste zu machen und von einander zu lernen. Es spielte dabei absolut keine Rolle, daß der eine Teil in einem Lande lebt, das den Weltkrieg gewonnen, der andere Teil in einem, das ihn verloren hat.

Verloren oder gewonnen –

das haben die Kollegen aus Süddeutschland sofort erkannt: Deswegen müssen sich die Herren in Paris nicht einen Deut weniger plagen, um ihr Geld zu verdienen, als sie selbst. Und diese *Erkenntnis* hat in *ihrer sympathischen Versöhnlichkeit* dazu beigetragen, daß man sich verstand.

Auch die Pariser Kollegen mußten es erkennen, und darum hat sich Herr Jumin, der Präsident des französischen Fleischersyndikats mit Herrn Geheimrat Würz – zwei, die sich plagen müssen, um ihr Geld zu verdienen – photographisch aufnehmen lassen. Da aber ist der Wurstpazifist beim springenden Punkt angelangt, wo man sich kein Wurstpapier vor den Mund nimmt:

> Wir wollen das ruhig einmal aussprechen: Wenn die Schriftsteller Karl Kraus aus Wien oder Alfred Kerr aus Berlin in Paris Vorträge halten, so ist das gewiß ganz schön und für einen sehr kleinen Kreis wohl auch ein besonderes Ereignis. Aber im Grunde sind diese Dinge ganz belanglos und ohne ernsthafte Wirkung. Wir sind der Überzeugung, daß die Verständigung zwischen kleinen Leuten, zwischen wahren ›Volksvertretern‹ unendlich wichtiger ist als alles andere. Aus dieser Perspektive gesehen war die Studienreise der netten, gewichtigen süddeutschen Metzgermeister eine sympathische und erfreuliche Sache.

Diesem Gedankengang wäre in keinem Punkte zu widersprechen, höchstens etwa durch den Zweifel, ob es gar so schön ist, wenn der Alfred Kerr in Paris Vorträge hält. Immerhin dürften die Studienreisenden von ihm mehr wissen als von mir, da sein Name manchem von ihnen schon auf Wurstpapier aufgefallen sein dürfte. Aber wichtiger selbst als daß ich in Paris Vorträge halte, ist gewiß, daß die Metzger gutzumachen suchen, was die Schlächter angerichtet haben, und es ist ganz vernünftig, daß der Fleischerverbandsfeuilletonist auch einem Austausch der Bäcker, Schneider, Schuster, Köche und anderer Berufe das Wort redet. Nur schade, daß die Völkerversöhnung, soweit sie die netten, gewichtigen Metzgermeister eingeleitet haben, ein wenig wieder dadurch gefährdet wird, daß ihr Wortführer – als Fazit der Studienreise und in Sperrdruck –

> allerdings sagen muß, daß man in Paris, sowohl was die baulichen Anlagen betrifft, als auch in punkto Hygiene und Humanität *weit hinter den deutschen Schlachthäusern zurück ist.* Der Pariser Schlachthof Villette läßt sich an Fortschrittlichkeit

und Sauberkeit keineswegs etwa mit dem Münchner Schlachthof vergleichen. Besonders interessant ist dabei die Tatsache, daß die Tötung der Tiere in einer Weise ausgeführt wird, wie sie in Deutschland, speziell in München, schon längst als unhuman abgelehnt ist.

Und nachdem die »reichlich rückständige und für unsere Begriffe rohe Tötungsart« der Gastgeber beschrieben ist, wird noch das Lob der französischen Liga für Tierschutz ausgeschlachtet, die ausdrücklich empfiehlt, »gerade von Deutschland in dieser Hinsicht etwas zu lernen«. Das mag richtig sein und ohne Zweifel ist der nationale Wetteifer solcher Bestrebungen überaus erfreulich nach Ablauf einer Epoche, in der schon längst als inhuman abgelehnte Tötungsarten an Menschen die nationale Glorie mehren halfen. Alles in allem wäre der berechtigte Stolz auf die hygienische Anlage einer Schlachtbank auch sicherlich der Verlogenheit von Generalstabsberichten vorzuziehen. Immerhin wird der ganz kleine, liebenswürdige, sehr inoffizielle, sehr menschliche Beitrag zur Völkerversöhnung, wenn man so sagen darf, durch einen Mißton der Revanchepolitik Eingeladener gestört und die Brücke der Verständigung, die die Wursthaut bildet, am Ende leider abgebrochen.

Was man so am Sonntag erfährt

Der Tag:

> Heute, zum fünfundzwanzigjährigen Jubiläum der »Weltbühne‹, muß gesagt werden, daß – Aber auch, wie unendlich traurig es ist, daß wir in Österreich überhaupt keine Zeitschrift haben, geschweige denn eine, die sich mit der »Weltbühne‹ messen könnte.

Neues Wiener Journal:

> Im Augustheft des »Kunstwart‹ erzählt Josef Hofmiller, daß 1913 der Nobelpreis für unseren Rosegger erhofft, aber dann an Rabindranath Tagore verliehen wurde. Soviel ich weiß, ist bisher noch kein anderer österreichischer Dichter für den Nobelpreis auch nur in Frage gezogen worden. Uns zu bewerben sind wir zu stolz –

Das ewige happy ending

Deren Autor bringt als happy ending eines amerikanischen Feuilletons das folgende:

> – Aber das *ewige happy ending* des Filmes hatte seinen Einfluß auf die Schaubühne – Das *ewige happy ending* schuf auch im Kino eine Stimmung der absoluten Sorglosigkeit. – Das *ewige happy ending* hat die Empfindung des Tragischen, besonders in der jungen Generation, fast vollständig vernichtet, und das ist eine Sache, gefährlicher, als sie aussieht. Durch das *ewige happy ending* ist die Menschheit um eine große, ungeheuer wertvolle Schönheit ärmer geworden –

Faktisch fürwahr in der Tat wirklich ein ewiges happy ending.

Der faule Zauberer

Nie, seitdem der Planet besteht, hat es tagtäglich so viel »Gerüchte« und so viel Besprechungen mit »Vertrauensleuten« – zu denen ich nicht gehöre – gegeben wie um den Reinhardt herum, dem ich kürzlich in Moabit – in Sachen Kerr – Gelegenheit hatte in die Pupille zu blicken. Er wußte von nichts. Aber er weiß, daß täglich über ihn etwas in der Zeitung stehen wird, was so wahr ist wie das Gegenteil. Ich vermute, die ganze Welt kotzt bereits, aber sie muß, aus unerforschlichem Ratschluß, durchhalten. Denn wie keine andere der europäischen Attrappen braucht diese ihre tägliche Beglaubigung. Mit »Schall und Rauch« hat es begonnen, und nun heißt's weitermachen. Häuserspekulationen, artistische Luftgeschäfte und die besondere Zauberregie, der eine prostituierte Gesellschaft Professuren, Doktorate und sonstige Ehren in Fülle verleiht. Ob das »Reinhardt-Seminar« – unvorstellbar der Unfug, der da getrieben werden mag, wenn's nicht ein Wahngebilde ist – »aufgelöst« wird; ob er die »Fledermaus« – haste Kunsttat! – geben wird, in Wien, London, Riga, Kalkutta, oder nicht, das ist das Spannende. Wie bisher durch Hunger und durch Liebe, scheint Natur das Getriebe nunmehr durch diese Fragen zu erhalten. Denn weil, was ein Professor spricht, nicht gleich zu allen dringet, so übt sie halt die Mutterpflicht und sorgt, daß nie die Kette bricht und daß der Reif nie springet. Das ist von Schiller und betrifft die »Taten der Philosophen«, in deren Reihe die Frankfurter Fakultät den Mann aufnahm, der durch Nichtssagen sich's verdient hat. Unausdenkbares würde geschehen, wenn die Kette bräche. Täglich erhebt sich bang die Frage: Was tan mr jetzt? Aber es kommt immer wieder was, sei's ein seltner Vogel oder Ammonshorn, oder ein Mann, der in die Villa eindringt und behauptet, er sei der Reinhardt. Es ist der stärkste Fall einer in Glorie verzauberten Pleite, den die Menschheit bis dato erlebt hat. Ein Schwarm von Analphabeten besorgt es in jedem Blatt, und da erfährt man sogar:

> Die Wiener Erstaufführung soll während der Festwochen im Juni stattfinden. *Die Bühne,* auf der die »Fledermaus« gegeben werden wird, steht noch nicht fest.

Offenbar wackelt sie bereits.

Wie die Sozialdemokratie den Fascismus zersetzt hat

– im Parlament *über ein Kompromiß verhandelnd* und außerhalb des Parlamentes zur Abwehr jedes Gewaltstreiches rüstend – s *o haben wir gesiegt* ... Mit dieser großen Enttäuschung des Heimwehrfascismus begann seine Zersetzung.
Wir haben dann ein ganzes Jahr lang, *manches Opfer bringend, alles vermieden,* was den Fascismus wiederbelebt, ihm neuen Nährstoff gegeben hätte. *So ging die Zersetzung weiter.* –

Mit einem Wort: »Ihr Herren«.

Rezept

Um Erich Kästner zu lesen, empfiehlt sich folgendes Rezept: Man lege sich an einem Tag, an irgend einem Tag, es muß nicht eben Sonntag sein auf ein Sofa –

Bis dahin mache ich mit.

Immerhin

wenn ich dann einen Blick hineinwerfe, weil's nun einmal verordnet wird, so muß ich zugeben, daß er, wie alles, was im neuen Deutschland im Schwang ist, sprachlich zwar nicht zu hoch über die Banalität des abgeschilderten Lebens reicht, aber eben darum hoch über den noch beliebteren Tucholsky, der mit Flöte und Fleurett, flott und fett, alles besingt und besiegt, was so der »Junggeselle« gegen sich auf dem Herzen hat, und der überall aufliegt, wie Stullenpapier im Grunewald. Sind kesse Jungen, Liebkinder bei den Vossischen und Mossischen wie nicht minder bei den Russischen, und wo Talent ist, macht sich's ja auch mit der Gesinnung. Doch alle zusammen können sie das Wasser, aus dem sie schöpfen, nicht dem einen Brecht reichen, selbst wenn er sich als sein eigener Vampir mit Doktrinen das Blut abzapft: es bleibt immer noch so viel, um das Gedicht von Kranich und Wolke und die Gerichtssitzung in »Mahagonny« hervorzubringen – was durch keine (auf oder ohne Kerrpfiff erfolgte) Preßhetze aus der Welt zu schaffen ist. Es ist doch gar nicht anders vorstellbar, als daß der schlotternde Schwerverbrecher mit dem Einfall, diesen Brecht ein »Kleintalent« und den Hildenbrandt einen »Könner und Kerl« zu nennen, sich kasteien will, um seine Kriegssünden abzubüßen. (Anstatt 20.000 Mark den Invaliden zu zahlen.)

Es
– Mathilde, das kleine *Mädel* aus dem Schuhgeschäft, das *seinen* Henri einundzwanzig Jahre lang mit der kindlichsten und wärmsten Liebe umgeben und nach dem Tode des Dichters siebenundzwanzig Jahre um diese Liebe getrauert hat, ist von den Zeitgenossen oft verleumdet und verachtet worden, weil *es* nur der Stimme seines Herzens folgend, ohne den Segen der Kirche, Heines Frau geworden, und *es* ist von der Nachwelt wenig beachtet worden, weil es nur seine Geliebte, aber nicht seine geistige Freundin, Kameradin seines Schaffens, Sekundantin in seinen Kämpfen sein konnte. Walter Viktor hat aber gerade das Einfache und Natürliche *ihres* Wesens ... zur dichterischen Nachgestaltung gereizt.

Warum nicht »seines«, wenn doch das Mädel noch als Mathilde, Frau, Geliebte, Freundin, Kameradin, Sekundantin immer ein »es« war? Nun ja, weil sonst am Ende des Herrn Viktor das Natürliche seines eigenen Wesens zur Nachgestaltung gereizt hätte. (»Sein Henri« ist natürlich nicht der vorn Schuhgeschäft.) Der Referent der Arbeiter-Zeitung ist korrekt und vermeidet Klippen. Er hält sich offenbar an das bekannte Paradigma: Ein Dienstbote hatte ein Verhältnis mit einer Ordonnanz, und da er schwanger wurde, verlangte er, daß sie ihn heirate.

Kinder als Zeitungsleser

Unter dieser Spitzmarke, die den höchsten Triumph bekennt, dessen der Fortschritt habhaft werden konnte, stellt das zufriedene Zentralorgan der Sozialdemokratie fest, daß man die nachteiligen Wirkungen der Sensationsberichterstattung auf den »gesunden Jugendlichen« – welches Wort nach Bonzenfrohsinn schmeckt –, überschätzt habe. Denn er

> *frißt zwar sehr viel in sich hinein,* verarbeitet es aber doch *nur* in seiner Phantasie, nicht in seiner Moral.

Es werden also weniger Mörder als Schmöcke gezüchtet. Nun wolle jedoch »eine großzügige und objektive Randfrage des Deutschen Instituts für Zeitungslektüre« – denn das gibt es und es ist nicht bloß eine Abteilung des Instituts für kriminalistische Forschung – »noch tiefer schürfen« und festzustellen versuchen,

wie es um die Zeitungslektüre des werdenden Menschen steht, dessen Geist sich erst bildet ...

Hunderttausend Fragebogen wurden ausgesandt, indem es sich ja doch von selbst versteht, daß die Jugendlichen statt des Wintermärchens die Generalanzeiger, Vorwärtse und sonstigen Papiere fressen, deren andere Bestimmung, nämlich erfrorene Füße einzuwickeln, mir kürzlich eine gutmütige Toilettefrau auf dem Prager Flugplatz vermittelt hat, die es an Menschlichkeit und Sinn für Lebensdinge mit sämtlichen Staatsmännern, Publizisten und sonstigen Mißbrauchern des technischen Fortschritts aufnehmen dürfte. Die »Jugendlichen von zwölf bis zwanzig Jahren« wurden also ausgefragt, ob sie eine Tageszeitung und welche sie lesen, ob sie gar mehrere lesen, »welche Teile der Zeitung interessieren dich am meisten und warum«, ob die Tageszeitung im Schulunterricht herangezogen werde – denn das kommt auch schon vor – und »was hältst du persönlich von der Zeitung?«. Der Zweck dieser Fragen sei leicht ersichtlich, meint das Zentralorgan. Nicht etwa, um schon jetzt zu erkennen, daß die Gehirnmasse der Menschheit sich in fünfzig Jahren in Brei und Jauche verwandelt haben wird, sondern es sollte im Gegenteil einmal

der offiziellen Einführung der Zeitungslektüre in den Unterricht vorgearbeitet werden, wie von der sozialdemokratischen Pädagogin Dr. Wegscheide-Ziegler mit guten Gründen propagiert wird.

Für die Dame, die da offenbar einen Herkulesentschluß gefaßt hat – und Vorkämpferinnen führen zumeist einen Doppelnamen – wäre ich ausnahmsweise zu sprechen. Vor allem aber soll sich »ein Bild von dem Verhältnis der Jugend unserer Zeit zur Presse« ergeben, so etwas wie ein »Querschnitt« – das liebt man jetzt – »durch die gesamte geistige Situation der jungen Generation« Ohne Zweifel muß es doch interessant sein, zu erfahren, wie viele junge Gemüter sich noch für Kerr, wie viele sich schon Hildenbrandt erwärmen, ob sie in der Politik mehr dem Wolff oder dem Hussong folgen, wie sie gierig aufnehmen, was unser O. K. am Radio erlauscht hat, und ob sie mehr von den täglichen Bulletins über Reinhardt, Jannings, Zuckmayer in Spannung gehalten werden oder durch das, was die sozialdemokratische Presse der Bourgeoisie an Schlafwagenabenteuern abzugewinnen vermochte; wie sie die Sittlichkeit von den Gerichtssaalberichterstattern und die Sprache von den Analphabeten im allgemeinen erlernt haben. Das erfreuliche Ergebnis der Rundfrage zeigt die Tatsache,

daß es unter den Jungen und Mädchen von heute *fast überhaupt keine »Nichtzeitungsleser«* gibt.

Aber nicht etwa, daß sie bloß das »Tagerl‹, die herzige Filiale des »Tag‹, goutieren, nein, solche Kindereien überlassen sie jenen Jugendlichen, die vom Alphabet noch den ersten Buchstaben wiederholen müssen – sie fressen vielmehr alles in sich hinein, was die Erwachsenen fressen.

Von 1854 höheren Schülern zwischen zwölf und achtzehn Jahren teilen nur 27 mit, daß sie keine Zeitung lesen; 1356 sind regelmäßige, 471 unregelmäßige Leser, 437 lesen mehrere Blätter. Und mehr als 200 lesen *nicht* die in ihrer Familie gehaltene Zeitung, sondern ein andres Blatt, *eine bemerkenswerte geistige Selbständigkeit.*

Wobei es das zufriedene Zentralorgan gar nicht interessiert, ob diese Revolutionäre nicht vielleicht dem »Vorwärts‹, an dem sich die Eltern weiden, schon den »Völkischen Beobachter‹ vorziehen oder die schwerindustrielle »Börsenzeitung‹, was freilich durch die fesselnde Mitarbeit eines Wiener Genossen entschuldigt wäre.

Besonders interessant sind die Zahlen bei den *Volksschülern.* Von 435 Jungen einer Berliner Gemeindeschule *lesen nur drei keine Zeitung,* 274 lesen regelmäßig und 158 gelegentlich,

offenbar im Fall des Lustmordes,

62 lesen nicht das Blatt ihrer Eltern, 56 interessierten sich ständig auch für andre Blätter.

Man muß doch auf dem Laufenden sein. Es folgt die Statistik der Volksschülerinnen, dann noch die der Berufsschüler.

Warum Zeitung gelesen wird, ist oft recht hübsch begründet ... Die politischen Argumente finden sich am meisten.

Es ergebe sich das Bild einer »Generation von werdenden Staatsbürgern«. Die Unfallchronik wird hauptsächlich von Mädchen gelesen:

> Sie lesen *merkwürdig gern* die Berichte über die Katastrophen, Straßenunfälle, Selbstmorde, Morde *und ähnliches*.

Auf die Frage, warum dieses Thema sie besonders interessiert, erfolgte – nebst Mitleid und anderen Motiven – die Antwort:

> »Weil es so schön schaurig ist.«

Die Herren vom Institut hatten erwartet, daß Romane und Heiratsanzeigen besonders interessieren würden, aber nein, die stehen erst an neunter, respektive an vierzehnter Stelle. »Der moderne Lehrer weiß«, resümiert das Zentralorgan mit Genugtuung,

> die Zeitung ein unentbehrliches Hilfsmittel für jede Erziehungsarbeit darstellt ...

Ganz abgesehen von der optimistischen Dummheit, die hier stillschweigend auch die Lektüre der kapitalistischen Zeitung als proletarischen Erziehungsfaktor einsetzt, wird doch bei solcher Gelegenheit die volle Hoffnungslosigkeit einer Kulturbetrachtung plastisch, die die Verbreitung des giftigsten aller Bürgergifte, der Druckerschwärze, für einen Fortschritt erachtet und den »Jugendlichen« als eine Kreuzung von Fußballer und Schmock präparieren möchte. Unter ihnen allen aber, die dem Institut für Zeitungskunde antworten mußten, tönt nur den wenigen, die schon in früher Jugend stolz bekennen, »Nichtzeitungsleser« zu sein, glaubhaft die Parole von den Lippen, die ihnen ergraute Bonzen beigebracht haben: »Wir sind jung und das ist schön!« Denen könnte man vielleicht noch das Wintermärchen vorlesen.

Eine sagenhafte Figur

ist dieser leibhaftige Reinhardt, der, wegen sinkender Berliner Nachfrage, in den Spalten der Wiener Presse Tag für Tag und speziell Abend für Abend geistert. Da wird unaufhörlich erzählt, daß er plant, wenn er nichts tut, sich begibt, wenn er geweilt hat, erwartet wird, wenn er nicht kommt vermutlich eintrifft, wenn er ausbleibt, und »Gerüchte«, daß er etwas inszenieren werde, was er nie inszenieren wird, wiegen heute die Sensation auf, die ehedem entstand, wenn er etwas inszeniert hatte. Fledermaus, Zeileis, Pariser Leben, Helena – denn er ist natürlich an der Offenbach-Renaissance interessiert –, und immer wieder versichert die Direktion des Theaters in der Josefstadt, daß sie eine direkte Verständigung von ihm, dem Direktor, noch nicht erhalten habe. Wäre das erst der Fall, so wäre ja des Aufsehens kein Ende; es genügt, daß er sich inzwischen von Riga nach Berlin begeben hat und vermutlich einmal daselbst eintreffen wird, von wo dann nach Wien Gerüchte dringen könnten, daß das Seminar weiterbestehen werde, wenngleich man noch nicht weiß, wie. Aber das allein ist schon viel. Das Gelingen dieser Bestrebungen ist so fraglich wie seine dementsprechenden Entschließungen, und selbstverständlich sind es vorläufig nur Erwägungen, da man seine Entschließungen abwarten muß. Denn die Lage des Seminars, das ist jetzt wichtiger als ehedem die Lage der Deutschen in Österreich. Wenn nur das Seminar erhalten bleibt! Weitere Mitteilungen über eine eventuelle Weiterführung werden nicht gemacht, aber nähere. Und dies und das und noch etwas. Pirandello wird er inszenieren, aber die Proben hiezu werden gegenwärtig von Regieschülern geleitet (was im Grunde ebenso viel wert ist), während sechs Direktoren und zwölf Bevollmächtigte den Herrn Professor suchen, sämtliche Dramaturgen aufwarten und Filmmagnaten herumstehn in Erwartung der Dinge, die da nicht kommen werden. Die Spannung hat umsomehr für sich, als das Resultat ein Tineff wäre, und darum ist es jetzt so eingeführt, daß wenigstens die Spannung auf dem Repertoire bleibt. Dazu kommen unerhörte Vorbereitungen für das Freilichttheater in Leopoldskron, wo er »die Traditionen aus der firmianischen Zeit wieder aufleben lassen wird«. Schon schwingt der weiche, elastische Boden, wenn man über ihn hinschreitet, unter den Füßen. Wasseradern werden gezogen, mythologische Figuren werden waggonweise herbeigeschleppt, in Grotten werden Najaden und Schmöcke hausen. Ganz faustisch wird es, Reklamien und Problemuren schaufeln bereits. Mitten durch alle diese Vorbereitungen schrillt die Frage

Reinhardt inszeniert in Wien Stella?

Gerüchte schwirren, aber es läßt sich augenblicklich nicht entscheiden, ob es sich

nicht bloß um Vorbesprechungen handelt

die er in »im Hinblick auf seine Salzburger Inszenierung« führen wird. Macht nichts. Sicher ist, daß er auch noch nicht einmal den Plan hat, sondern diesen bloß »erwägt«. Wenn das Seminar fortgesetzt wird, will er, hoch oben wie er ist, noch höher hinaus, nämlich

seine jetzige Wohnung in der Hofburg gegen eine andere Wohnung im Schluß Schönbrunn vertauschen.

Warum nicht, recht hat er. Doch selbst das weiß man noch nicht, wiewohl es viel für sich hat. Nichts steht fest, alles fließt. Im ganzen Umkreis dieser Gestalt scheint mir nur die Zeugenaussage, die er im Kerr-Prozeß abgelegt hat, einigermaßen konsistent zu sein. (Im übrigen wird sich die europäische Kultur einmal schämen, daß sie für den Posten des Cagliostro keine bessere Besetzung hatte.)

Psychoanalyse

Der bekannte Seelenarzt Dr. Rudolf Urbantschitsch

der tiefschürfend über infantile Sexualität sprach und »inspirierte« (also von Gott eingegebene) »Ausführungen über den Anteil der Kultur *zur* Entstehung der Neurosen« machte, und von dem auch selbst etwas zu viel die Rede ist,

prägte den Satz: Die Neurose ist das Wappen der Kultur.

Sehr schön, aber es laufen derzeit schon weit mehr Heraldiker als Adelige herum.

Sie schaffen es

Kulturell dürfte die Entente bald auf die Knie gezwungen sein. Der Einzug des »Weißen Rössels« in London – wonderful und von der Presse als »der Erfolg des Jahrhunderts« gefeiert – bedeutet die endgültige Revanche für Versailles. Aber auch etwas St.-Germain ist darin enthalten, insofern ja der Berliner Theaterhändler eigentlich mit österreichischen Dingen, die zu allen europäischen Herzen sprechen, reüssiert hat:

Noch erstaunlicher war die Leistung von Clifford Morrison, *einem Stockengländer, der Österreich noch nie gesehen hat,* in der Rolle des *Oberkellners Leopold.* Er war jeder Zoll ein österreichischer Oberkellner. Und *wenn nicht alle Anzeichen trügen,* wird das »Weiße Rössel« hier mindestens ein Jahr lang durchgespielt werden.

Das einzige, was bei solcher Gelegenheit und im Umkreis der Theatergeschäfte nicht trügt, sind die Anzeichen. Denn – ganz abgesehen davon, daß der Clifford Morrison es mit Österreich getroffen zu haben scheint wie Schiller mit der Schweiz, darf man ja nicht glauben, daß der Geschmack eines Knotentums, das bei Alpenglühen fressen will, auf die Stammgäste von »Haus Vaterland« beschränkt bleibt. Gewiß, der Zutreiberdienst einer Presse, die gleichzeitig Wedekind abfallen läßt, mag drüben im Theaterkontrakt garantiert sein, aber es ist nicht das Wesentliche. Die Zeit ist so geartet, daß überall, wo sich eine Vielheit zusammenfindet, Haus Vaterland ist.

Wie zu Hause

fand es Hasenclever in Hollywood:

> Berthold Viertel holte mich ab, wir fuhren gleich zu seiner Villa am Meer, und nach drei Tagen und vier Nächten bekam ich zum erstenmal wieder anständig zu essen. Da war seine Frau, die prachtvolle Salka mit ihren drei Söhnen, ein riesiger Schäferhund, eine Bibliothek und ein Bild von Karl Kraus. *Es war wie zu Hause.*

(Hat denn Hasenclever ein Bild von mir?) Sodann trat Greta Garbo ein und hierauf ein Erdbeben. Hasenclever nahm eine Katze auf den Arm und tröstete sie.

> »Arme Katze«, sagte ich, »es war ja nur ein Erdbeben«. Greta sah es. »*Mich auch*«, bat sie. Ich setzte die Katze auf die Erde und *nahm die Garbo auf den Arm.*

(Vor meinen Augen!)

> »Arme Greta«, sagte ich, »es ist ja vorbei«.
> Da tat die Katze das einzig Richtige. Sie lief zu ihrer Schüssel und trank Milch. Ich ging zum Teetisch, goß Sahne in eine

Untertasse und reichte sie Greta. Und sie machte es genau wie die Katze. Dann waren wir alle glücklich. Das war ihre beste Rolle.

Wie anders man sich Hollywood vorstellt! Und es ist wie zu Hause.

Wie geschmust wird

Frau Agnes Straub soll dem 6 Uhr-Herrn, der's in fetten Lettern meldet, gesagt haben:

> Meine ganze Karriere verdanke ich aber wohl W. E. *Heinrich*, dem Direktor des Heidelberger Theaters, einem Menschen und Künstler von ganz großem Format, einem Manne, der vielfach und nicht mit Unrecht mit Reinhardt verglichen wird. Bei ihm haben *die Wolter* und *die Devrient* studiert und sicherlich hat er *auch bei ihnen den Grundstein zum Erfolg gelegt*. Dieser Mann *hatte nur einen Wunsch: er wollte Reinhardt kennen lernen*. Seine Freude zu sehen, als *Helene Thimig ihm diesen Wunsch erfüllen half*, war rührend. *Der alte Mann weinte*, als er dem berühmten Kollegen begegnete.

Die Wolter wird so nach 1850 – nämlich bei Frau Gottdank und Mme. Glaßbrenner-Peroni, die noch unter Raimund die »Jugend« gespielt haben dürfte – studiert haben; in den achtziger Jahren die von ihr auch wesensentfernte Frau Reinhold-Devrient. Der Mann, der beide unterrichtet hat, dürfte heute 130 Jahre alt sein; er war erst 110, als er Frau Straub übernahm. Weiß Gott, was er ihr oder sie dem Historiker erzählt haben mag; das Publikum frißt alles. Wahr könnte freilich sein, daß der Grundsteinleger des Erfolgs der Wolter geweint hat, als er Herrn Reinhardt begegnete.

> Und 's is alles nicht wahr,
> und's is alles nicht wahr!

lautet der Refrain eines Nestroy'schen Couplets, dem ich, wie ich endlich gestehen muß, durch die Jahre in weitem Bog ausgewichen bin. Die bloße Vorstellung, zu diesem Couplet aller Couplets, das mich durch alle Träume mahnt, Zusatzstrophen machen zu sollen, ist niederwerfend und das Beginnen wäre gleichbedeutend mit dem Entschluß, mich unter den hunderttausend Zeitdokumenten, deren kleinster und wahrscheinlich ungewichtigerer, nur von Laune und Zufall aufgegriffener Teil zweiunddreißig Jahre der Fackel füllte, lebendig begraben zu lassen. Man wird sich damit begnügen müssen, den Refrain einmal als Epilog oder Epitaph zu verwenden.

Die Kunst im Dienste des Ehemanns

Reinhardt nicht lettischer Staatsbürger.
Mitteilungen von informierter Seite.

Max Reinhardt ist nicht, wie behauptet wurde, Lette geworden, um seine seit Jahren angestrebte Scheidung durchzuführen, und hat sich auch nicht um die lettische Staatsbürgerschaft beworben; das brauchte er gar nicht zu seiner Scheidung. Er mußte die Scheidung nur in einem Lande durchführen lassen, in dessen Eherecht nicht das Nationalitäts-, sondern das Territorialprinzip zur Anwendung kommt.
Er konnte also czechoslowakischer Staatsbürger bleiben, mußte aber sein offizielles Domizil und mindestens einen Teil seiner Tätigkeit nach so einem Lande verlegen. –

Max Reinhardt hat auch nicht, um sein lettländisches Domizil zu beweisen, Grundbesitz erworben, sondern muß die Eherechtsvergünstigung, die er erhielt, mit einer dreijährigen, ziemlich intensiven Theaterarbeit in Lettland bezahlen. Er hat bis 1934 Verträge mit der lettischen Nationaloper und dem Deutschen Theater in Riga abgeschlossen und seine dortige Tätigkeit schon vor Monaten mit einer »Fledermaus«-Aufführung begonnen und für die nächste Zeit einen Offenbachschen »Orpheus« vorbereitet.

Ach ich hab' sie verloren ...

Die Rettung (Sprachlehre)

Der junge Springinsfeld kennt keinen Genitiv, denn er ist nicht der Sohn des, sondern von Moriz Benedikt. Das wäre noch richtig, wie ja auch einer dieser gräßlichen Leitartikel des Ernst Benedikt einer von Ernst Benedikt genannt werden kann, da er ja von ihm verfaßt ist. (Wer vermöchte es außer ihm!) Nun sitzt ihm aber das »von« – von der Monarchie her – noch so im Gemüte, daß er es immer verwenden muß. Es geht ihm »um das Schicksal von Deutschland, aber auch um das Schicksal von Europa«, er glaubt an »die Zukunft von Österreich«, oder gar so:

> Hoffen wir, das Ausland werde begreifen, daß *die Rettung von Österreich* wichtiger ist als alle Haltungen –

Natürlich meint er als Patriot die Rettung Österreichs, aber als Stilist fühlt er nicht, daß er damit dem Ausland die Aufgabe zugewiesen hat, uns, die es hier auch nach erfolgter Sanierung schwierig finden, von Österreich zu retten. Denn wenn auch alles Finanzielle in Ordnung wäre, so bliebe der Zustand doch – und selbst wenn der Thoas in puncto Treuherzigkeit nicht mit Schober wetteifern könnte – taurishaft genug und ließe mit noch den Wunsch übrig:

> Und rette mich, die du vom Tod errettet,
> Auch von dem Leben hier, dem zweiten Tode!

Es geht da also, wie man sieht, um die Rettung der Iphigenie von Tauris, nicht um die Rettung von der Iphigenie auf Tauris. Und dort um die Rettung Österreichs, nicht von Österreich. Aber man kann lang Leuten zureden, die nur taurisch verstehn.

Vorworte

Für die verspätete Herausgabe meiner Auswahl aus den Büchern Peter *Altenbergs* bin ich Rechenschaft schuldig. Sie sollte im Verlag S. Fischer erscheinen, der sich über meine Zusage höchst beglückt gezeigt hatte. Dem Andenken Altenbergs hätte ich das Opfer gebracht, eine Art Autor des Verlags S. Fischer zu werden, ich stellte nur die Bedingung, kein Honorar zu erhalten: eine Bedingung, die unschwer durchzusetzen war. Bald sollte es sich jedoch erweisen, daß der Verlag S. Fischer mit meinem Einlaß ein größeres Opfer gebracht hatte, als ich mit meinem Eintritt. Im Sommer 1928 war die Auswahl – schwierig auch durch die Aufgabe, im begrenzten Raum ein Abbild dieser Überfülle zu bewahren – vollendet. Das Manuskript wurde abgeliefert, und da die längste Zeit keine Korrekturfahnen eintrafen, durch einen Mittelsmann der Grund der Verzögerung erfragt. Herr S. Fischer, dessen Verlag das Manuskript doch übernommen und nicht etwa zurückgegeben hatte, stellte sich zunächst auf den Standpunkt, es sei kein Vertrag geschlossen worden. Eines Besseren belehrt, wurde der Verleger ein wenig verlegen, dann aber erklärte er ziemlich unverlegen, es sei ihm unmöglich, mich zu verlegen, da er der Verleger eines anderen Autors sei. Dieser ihm näherstehende Autor – ich nenne keinen Namen – war nämlich inzwischen von einer Publikation der Fackel betroffen worden, aus der er als der größte Schuft im ganzen Land hervorging, und zwar, wie man sich erinnert, mit der Motivierung, daß er mich beim sogenannten Kadi wegen meiner antinationalen Haltung im Krieg, mit Berufung auf den Tiroler Antisemitenbund, denunziert hatte. Auf die an den Verleger S. Fischer gestellte Frage des Mittelsmannes, ob er in meiner Stigmatisierung seines Autors ernsthaft ein vertraglösendes Moment erblicke und ob er denn wirklich willens sei, »den wertvollsten Autor seines Verlages«, nämlich Peter Altenberg, »dem wertlosesten zu opfern«, erklärte Herr S. Fischer, er könne nicht anders, wie immer die Sache juristisch anzusehen wäre, er sei auf Gedeih und Verderb mit jenem verbunden, nibelungentreu, aber anderseits bereit, das Verlagsrecht für die Auswahl aus Altenbergs Werken einem beliebigen andern Verlag ohne Entschädigung abzutreten. Da es höchst antipathisch gewesen wäre, auf der Herausgabe durch einen Verlag zu bestehen, der unverlegen eine solche Gesinnung an den Tag gelegt hatte und der entschlossen schien, einen Vertragsbruch zu begehen, um sich vor der Pressemacht zu beugen (vor jener vis maxima, die im juridischen Sinn keineswegs als vis major anerkannt würde), so zog ich die Drucklegung durch einen andern Verlag – durch jenen, der sich schon um die Erhaltung Nestroys ein Verdienst erworben hatte – einer prozessualen Durchsetzung des Erscheinens im Verlag S. Fischer vor. Weit weniger erheblich als dieses von mir nunmehr mitgeteilte literaturhistorische Faktum, daß die Verewigung Peter Altenbergs durch die Rücksicht auf den irdischen Kerr verhindert werden sollte, ist die Groteske der dann einsetzenden Versuche S. Fischers, auch noch dem Erscheinen bei Schroll Hindernisse in den Weg zu legen, aus der tief begründeten Erkenntnis heraus, daß hier die einzig mögliche Form der Bewahrung eines einzigartigen geistigen Schatzes – bis nun in zwölf Bücher zersprengt – gefunden und ihm entgangen sei.

Dem Andenken Frank *Wedekinds* ist dieser Vortrag und der Hilfe für seine Hinterbliebenen seine Veranstaltung gewidmet. Einen der seltenen dramatischen Geister zu fördern, die das Denken der Zeit bis zum Vergessen beeinflußt haben, das könnte den deutschen Bühnen schon aus dem Grund nicht einfallen, weil sie mit dem Ferdinand Bruckner alle Hände voll zu tun haben, dem Autor, der sich so lange hinter dem Pseudonym vor seinen Gläubigern verbergen konnte, bis die Sensation deren Befriedigung gesichert hatte und nur noch Gläubige vorhanden waren. Solche immer anwachsende Sensation um einen Autor, dem man zwar dahinter gekommen ist, aber an dessen Mysterium semper aliquid haeret, wird selbstverständlich auch jenen »Timon« stützen, dessen Glück – nach den Dialogen, die ich gelesen habe – von rechtswegen in einem Gelächter untergehen müßte, indem Bruckner – er bleibt schon bei dem Namen – durchaus nicht wie etwa die Herren Flatter und Rothe den Shakespeare für die sprachliche Aufnahmsfähigkeit des geistigen Mittelstandes herabsetzt, sondern einfach beiseiteschiebt, um in den übernommenen Rahmen der Handlung das eigene Bild eines zeitgemäßen Griechentums zu stellen, dessen Angehörige in dem Jargon verkehren, der uns von den Hasen in Saltens Roman vertraut ist. Da sagt so ein falscher Freund zu dem gutgläubigen Timon: »Du bist gelungen«. Das kann ich nun nicht finden. Doch wegen der gleichzeitigen »Welturaufführung« an sämtlichen Bühnen Deutschlands, nämlich wegen des Zustands, auf den dieses Faktum hinweist, ist an eine Erweckung Frank Wedekinds nicht zu denken. Da die dramaturgisch maßgebenden Kaufleute ihn aber auch nicht gelesen haben, so besteht vielleicht die Hoffnung, ihm durch ein Pseudonym aufzuhelfen. Etwa: Tagger.

Der Vortrag aus Bert *Brecht*, mit dem weder eine Übernahme seines Weltbilds noch seines Begriffes vorn Theater beabsichtigt ist, erfolgt aus mehrfachen Gründen. Der maßgebende dürfte wohl der sein, daß ich ihn für den einzigen deutschen Autor halte, der – trotz und mit allem, womit er bewußt seinem dichterischen Wert entgegenwirkt – heute in Betracht zu kommen hat, für den einzigen, der ein Zeitbewußtsein, dessen Ablehnung als »asphalten« gar nicht so uneben ist, aus der Flachheit und Ödigkeit, die die beliebteren Reimer der Lebensprosa verbreiten, zu Gesicht und Gestalt emporgebracht hat. Für die Verse von »Kranich und Wolke« jedoch gebe ich die Literatur sämtlicher Literaten hin, die sich irrtümlich für seine zeitgenossen halten. Das Motiv, jene vorzutragen, ergibt sich aus dem Fehlen in der Aufführung von »Mahagonny«, in der freilich die so groß gebaute Szene der Gerichtssitzung noch mehr gefehlt hat, welche vorhanden war. Andere schöne Teile werden wieder aus dem Grund nicht zum Vortrag gebracht, weil deren Darstellung durch Frau Lotte Lenja nichts zu wünschen übrig ließ. Es wäre wohl zu beklagen, daß die im übrigen wenig glückliche Aufführung Brechts Wort zugunsten seiner Ansage und Aufschrift, die er für wesentlich hält, dermaßen zurücktreten ließ, daß die leider zur Kritik Berufenen, die im Theater die Aufschrift, aber daheim nicht das Wort gelesen haben, »Mahagonny« für »überholt« erklären und daß der leibhaftige Fortschritt der Zeitlumperei sich brüsten konnte, was 1930 noch revolutionär war, sei heute verpufft. Seit damals, schrieb Mosse, »sind wir alle schon weitergekommen«. »Ernste und sachverständige Männer sitzen beisammen und schieben werte hin und her, die ihnen unter den Händen zerrinnen.« Das mag imposanter sein als die Vorgänge in »Mahagonny«, und gewiß ist es wahr, daß jedes Zeitungsblatt von heute an Inhalt und Ausdruck immer noch mehr stinkt als das von gestern. Aber Reportage und Montage, durch die Brecht selbst der Verwechslung mit dem unüberholbaren Gedicht und der unzerstörbaren Gestalt Vorschub leistet, ist darum noch lange nicht mit dem zu verwechseln, worauf es ankommt. Schließlich muß gesagt sein, daß die Bereitschaft, mich zum rein dichterischen Wert der Produktion Brechts zu bekennen, deren Nutz- und Lehrhaftigkeit über seinem eigenen Begriff davon steht – daß solche Verpflichtung dem Gefühl entstammt, er könnte gerade durch meine Schätzung Schaden erlitten haben, bei eben den Repräsentanten der Zeitlumperei, mit deren Ausdauer die Wortkunst es nicht aufzunehmen vermöchte, und insbesondere bei Schuften als solchen. – Ich lese nun aus Brechts und Weills »Aufstieg und Fall der Stadt Mahagonny«, einem Werk, das ich sowohl für zeitgemäßer wie für dauernder halte und für echter als »Timons Glück und Untergang« vom Pseudoshakespeare.

Geht in Ordnung

Daß ein ordentlicher Professor mehr sein soll als ein außerordentlicher, ist nur bei tieferer Erfassung des Wortes verständlich als der Bezeichnung von etwas »außer der Ordnung«. Wiewohl der Ausdruck also, im Gegensatz zu den meisten der deutschen Amts-, Verkehrs- und Zeitungssprache, in Ordnung ist, erfaßt einen doch eben vor dieser ein außerordentliches (ungewöhnliches) Gefühl der Öde, wenn man so etwas liest:

> Der Bundespräsident hat den mit dem Titel eines ordentlichen Universitätsprofessors bekleideten außerordentlichen Professor der Rechts- und Staatswissenschaften an der Universität Wien Dr. Karl Gottfried Hugelmann zum ordentlichen Professor der Rechts- und Staatswisserischaften und den mit dem Titel eines ordentlichen Universitätsprofessors bekleideten außerordentlichen Professor der Rechts- und Staatswissenschaften an der Universität Wien Dr. Adolf Merkl zum ordentlichen Professor der Rechts- und Staatswissenschaften an der genannten Universität ernannt.

Man denkt sich, es könnte, da beide gleich bekleidet waren und nun gleichermaßen ernannt sind und auch sonst alles bis auf den

Namen übereinstimmt, ferner wenn schon zwei dasselbe tun, was zwar nicht immer dasselbe ist, aber doch – also man denkt sich, es ließe sich in einem abmachen, nämlich: daß der Bundespräsident die mit dem Titel ... bekleideten außerordentlichen ... der ... an ... zu ordentlichen ... der ... an ... ernannt habe. Sehr kompliziert wird ja die Sache dadurch, daß jeder der beiden Außerordentlichen, bevor er ein Ordentlicher wurde, schon so hieß. Das hat sich denn auch der praktische Setzer des 'Tag' gedacht und der Einfachheit halber es gleich so durchgeführt:

> Der Bundespräsident hat die mit dem Titel eines *ordentlichen* Universitätsprofessors bekleideten *ordentlichen* Universitäts-professoren bekleideten ordentlichen Professoren der Rechts- und Staatswissenschaften an der Universität Wien Dr. Karl Gottfried Hugelmann und Dr. Adolf Merkl zu *ordentlichen* Professoren der Rechts- und Staatswissenschaften an der ge-nannten Universität ernannt.

Somit wäre alles in Ordnung.

Wissen Sie schon

wie die Telegrammadresse des Herrn Grafen Keyserling, Inha-bers der »Schule der Weisheit«, lautet?

Weisheitling Darmstadt

Tatsache!

Die mit der linken Hand stehlen

Ich hüte mich seit langem, Wendungen, die von mir sind, wieder-zugebrauchen, um nicht in den Ruf eines Plagiators zu kommen, der mir seit der Apokalypse ohnedies anhaftet. Immer wieder kann ich mich in der Presse lesen, aber da es keinen Autorschutz für Ge-danken gibt, muß ich es hinnehmen, als Quelle, die sie nicht ange-ben, verunreinigt zu werden. Aus meinem Haus sind schon viele Diebe hervorgegangen, manche jedoch, verwarnt, können es nicht lassen und schleichen, von jener Nostalgie getrieben, immer wieder an meinen Herd, um ein bißchen Feuer zu fressen. Ich mag darum die eigenen Schriften nicht, die nicht mehr ganz die eigenen sind, und stehe auf dem Standpunkt des Konditors, der selber nicht nascht. Also:

Die deutsche Übersetzung von Creme der Gesellschaft ist offenbar »Abschaum«.

Seitdem ich sie besorgt habe. Hin und wieder begegnet man auch der Deutung der »Monogamie« als »Einheirat« oder der Definition eines Volkes, an das man sich anschließen soll, als der »elektrisch beleuchteten Barbaren«. Vielfach wird aber auch

das Gehirnweichbild Wiens

in meiner Perspektive von jenen betrachtet, die im Punkte der Konsistenz just nicht unbedenklich sind.

Die Albers-Hymne

authentisch, da von ihm selbst einer Zeitung übergeben:

Ist es *die Nase* von dir? Dein Auge? Ist es der Mund?
Ich bin verliebt in dich und weiß nicht mal den Grund.
Ist es die Frechheit von dir? Der Scharm, der dich umgibt?
Ich weiß das eine nur: Ich bin in dich verliebt.
Du bist entzückend, berückend, bestrickend, du bist zum Küssen!
So unerklärlich, so herrlich-gefährlich! Ich möcht' nur wissen:
Ist es *die Nase* von dir? Dein Auge? Ist es der Mund?
Ich bin verliebt in dich und weiß nicht mal den Grund!

Ich tippe auf die Nase. Die Dame (die ich kennen lernen möchte) tut nur so, als ob sie's nicht wüßte. Man darf gespannt sein, ob der neue Kurs in Deutschland die Schaustellung der Albers-Porträts erlauben wird.

Letzten Endes

befinden wir uns ebenda. Nachdem wir seit dem Zusammenbruch ebenso oft versichert haben: »Geht in Ordnung«. Namentlich die noch häufigeren Prominenten lassen sich in diesem Punkt nicht lumpen. In einem Interview mit Herrn Werner Krauß (der mit etwas mehr Recht als die anderen überschätzt wird) habe ich nicht weniger als vier Letztender erbeutet:

Letzten Endes spielt man ja immer nur sich selber.
Er zieht ja letzten Endes nur die Summe seiner wenn er spielt.

Einmal fängt auch der Interviewer an:

Letzten Endes ist aber ein Spiel ohne oder gegen das Publikum unlogisch.

Der Inspizient rief bereits, so daß Herr Werner Krauß letzten Endes nur noch Gelegenheit hatte, zu versichern, der Schauspieler habe das wirkliche Leben glaubhaft zu machen, alles andere aber sei fiktiv und

letzten Endes unkünstlerisch.

Nun aber müsse er zum Schlußakt –

der Hilfsregisseur wird sonst ungeduldig. Und das könnte gefährlich, werden ...

Die drei Punkte, die unwiderruflich letzten Endes stehen, sollten dieses wohl ersetzen. (Anschütz, hör ich, hat vor dem Auftreten keinem Reporter Aufschlüsse über das Wesen der Schauspielkunst erteilt; doch man hat eben von jenem »Lebt wohl!« bis »Letzten Endes« eine Entwicklung durchgemacht.) Vermutlich geschah es während einer Aufführung von Hauptmanns »Vor Sonnenuntergang«, wo »Letzten Endes« faktisch im Dialog vorkommt und mit vollem Recht, sowohl was den Dichter wie was den regieführenden Zauberer und Theaterunternehmer anlangt. Es bezeichnet jenen Zustand, den man etwas schlichter auch Pleite nennt. Man lebt nun einmal in dem Vorstellungskreise, und dem Wort zu entrinnen ist unmöglich. Keine Kolumne, in der es nicht auftaucht, Politiker führen es im unsaubern Munde, längst hat es Odol verdrängt, in einem Nachruf war erzählt, wie der Tote letzten Endes gestorben sei, von einem Selbstmörder hieß es, er habe letzten Endes es seinem Leben gemacht, weil dieses offenbar nichts mehr als dieses bot, aber dann kommen die Optimisten und versichern, wenn der Winter noch so sehr dräue, es müsse letzten Endes doch Frühling werden.

Wem sagen Sie das!

Die französische Akademie berät jahre- und jahrzehntelang, ob *eine sprachliche Neubildung* in dem Diktionär *aufzunehmen* würdig *befunden werden* soll. In Frankreich wird *die Sprache wie ein Heiligtum behandelt.*

Über tredition

Eigenes Buch veröffentlichen

tredition wurde 2006 in Hamburg gegründet und hat seither mehrere tausend Buchtitel veröffentlicht. Autoren veröffentlichen in wenigen leichten Schritten gedruckte Bücher, e-Books und audio-Books. tredition hat das Ziel, die beste und fairste Veröffentlichungsmöglichkeit für Autoren zu bieten.

tredition wurde mit der Erkenntnis gegründet, dass nur etwa jedes 200. bei Verlagen eingereichte Manuskript veröffentlicht wird. Dabei hat jedes Buch seinen Markt, also seine Leser. tredition sorgt dafür, dass für jedes Buch die Leserschaft auch erreicht wird.

Im einzigartigen Literatur-Netzwerk von tredition bieten zahlreiche Literatur-Partner (das sind Lektoren, Übersetzer, Hörbuchsprecher und Illustratoren) ihre Dienstleistung an, um Manuskripte zu verbessern oder die Vielfalt zu erhöhen. Autoren vereinbaren direkt mit den Literatur-Partnern die Konditionen ihrer Zusammenarbeit und partizipieren gemeinsam am Erfolg des Buches.

Das gesamte Verlagsprogramm von tredition ist bei allen stationären Buchhandlungen und Online-Buchhändlern wie z. B. Amazon erhältlich. e-Books stehen bei den führenden Online-Portalen (z. B. iBookstore von Apple oder Kindle von Amazon) zum Verkauf.

Einfach leicht ein Buch veröffentlichen: **www.tredition.de**

Eigene Buchreihe oder eigenen Verlag gründen

Seit 2009 bietet tredition sein Verlagskonzept auch als sogenanntes "White-Label" an. Das bedeutet, dass andere Unternehmen, Institutionen und Personen risikofrei und unkompliziert selbst zum Herausgeber von Büchern und Buchreihen unter eigener Marke werden können. tredition übernimmt dabei das komplette Herstellungs- und Distributionsrisiko.

Zahlreiche Zeitschriften-, Zeitungs- und Buchverlage, Universitäten, Forschungseinrichtungen u.v.m. nutzen diese Dienstleistung von tredition, um unter eigener Marke ohne Risiko Bücher zu verlegen.

Alle Informationen im Internet: **www.tredition.de/fuer-verlage**

tredition wurde mit mehreren Innovationspreisen ausgezeichnet, u. a. mit dem Webfuture Award und dem Innovationspreis der Buch Digitale.

tredition ist Mitglied im Börsenverein des Deutschen Buchhandels.

Dieses Werk elektronisch lesen

Dieses Werk ist Teil der Gutenberg-DE Edition DVD. Diese enthält das komplette Archiv des Projekt Gutenberg-DE. Die DVD ist im Internet erhältlich auf **http://gutenbergshop.abc.de**

Zeitfracht Medien GmbH
Ferdinand-Jühlke-Straße 7
99095 Erfurt, Deutschland
produktsicherheit@kolibri360.de